JN053644

愚者たちの輪舞曲《ロンド》

欧州妖異譚24

篠原美季

white heart

講談社X文庫

目次

CHARACTERS

ユウリ・フォーダム

イギリス貴族の父、日本人の母の下に生まれる。霊や妖精《ようせい》が見えるなど、不思議な力を持っている。

シモン・ド・ベルジュ

フランス貴族の末裔《まつえい》。実務に優れた美貌《びぼう》の貴公子。ユウリの親友で現在はパリ大学に在学中。

愚者たちの輪舞曲《ロンド》

欧州妖異譚24

コリン・アシュレイ
豪商アシュレイ商会の秘蔵っ子。傲岸不遜《ごうがんふそん》で博覧強記《はくらんきょうき》。特にオカルトには強く興味をひかれている。
ナタリー・ド・ピジョン
シモンの母方の従兄妹《いとこ》。何かとお騒がせな美女。
アンリ・ド・ベルジュ
シモンの異母弟。ユウリの家に居候している、良き相談相手。

イラストレーション／かわい千草

愚者たちの輪舞曲《ロンド》

序章

二十一世紀になってしばらく経《た》ったある年。

フランスで、南東部を中心に中規模の地震が発生した。

グラグラと、波打つ大地。

慣れない自然災害に人々が恐怖に陥る中、揺れは一分ほどで収まり、あたりはすぐに静けさを取り戻す。

幸い、今回の地震では、倒壊した家屋などはなく、死者もさほど出なかった。

ただ、フランスは建物の多くが石造りであるため、どこもかしこもまったく無事というわけにはいかず、壁や天井の一部が崩落したり石畳が隆起したりするなど、それなりの被害は随所に見られた。

そんな中、リヨンの旧市街にある古い建物を修復していた工事人は、崩れた壁の向こうに小さな空間があるのを見つけ、作業の手を止める。

「──なんだ?」

首を傾《かし》げつつ、瓦礫《がれき》をどけて奥の空間を広げる。

空間といっても、それほど大きなものではなく、壁の一部をくり貫《ぬ》いて作られた一種の壁龕《へきがん》とか保管庫のようなものである。

ただ、壁龕であれ保管庫であれ、ものを出し入れするには開口部や扉がないと困るはずだが、この空間にはそれがない。

壁の中に人工的に作られた密閉空間だ。

そのことから考えられるのは、これをこしらえた人間には、ここに置いたものをあとから取り出す気などまったくなかったということだ。

つまり、なにかを完全に閉じこめるために作られた場所である。

それは、言い換えると――。

（封印？）

そう思った工事人の目の前に、一つの箱があった。

バロック絵画の描かれた鍵《かぎ》つきのブリキ缶だ。

間違いなく、この空間を作った人間がそこに入れたものだろう。

二度と取り出さないために――。

だが、かといって、捨てたり処分したりする気にはならなかった何か。

いったい、これをここに隠した人間は、なんの目的があって、そんなことをする気になったのか。

工事人は、その缶の中身にとても興味が湧《わ》いた。

状況を鑑《かんが》みれば、それを手に取ることに不安がないわけでもなかったが、まだ若い彼は好奇心に抗《あらが》えず、ブリキ缶に手を伸ばす。

（その先に待っているのは、天使か悪魔か——）

わからないまま、工具を使って蓋《ふた》をこじ開け、彼は長らく人目にさらされずにいた秘密を暴いた。

第一章　手のひらを返す面々

1

「うん、わかった。――シモンも気をつけて」

　そんな挨拶《あいさつ》をかわして電話を切ったユウリ・フォーダムは、それをポケットにしまいつつ「ごめん、アーサー」と謝りながら振り返る。

　そこに、コートのポケットに手を突っ込んで通りのほうを眺めて立つ、なんとも華やかな青年がいた。

　燃えるような美しい赤毛。

　女性を惹《ひ》きつけてやまない甘い顔立ち。

　口元までマフラーを巻いたオーソドックスなファッションですら、そのまま雑誌の表紙を飾れそうなほど洒落《しゃれ》っ気《け》がある。

若手俳優として注目度の高いアーサー・オニールは、鼻先にひっかけたサングラスの端からチラッとユウリを見おろし、「で？」と尋ねた。

「ベルジュは、元気なのか？」

「ああ、うん。元気だよ。――アーサーによろしくって」

「ふうん」

白い息とともに吐き出されたその「ふうん」が、いささかいじけたもののように思えたユウリが、慌てて付け足す。

「あ、電話、代わればよかったね」

「別に」

「でも、アーサー、しばらくシモンと会ってないんじゃない？」

「そうだけど、今はテレビ電話もあるわけで、必要ならこっちからかけるさ」

「それにしたって、シモンだって、久しぶりに話したかったかもしれないし」

「……へえ？」

わずかに語尾のあがった言い方は、まんざらでもなさそうな様子だ。

それで、ユウリはマフラーの陰でつい口元をほころばせる。

黒絹のような髪。

煙《けぶ》るような漆黒の瞳《ひとみ》。

ユウリの場合、オニールなどと違って、東洋的な顔立ちをしているという以外、特に人目を引くような要素はなかったが、佇《たたず》まいに品があり、首筋などから匂《にお》い立つような清潔感が漂う、なんとも浮き世離れした雰囲気を持っている。

そのユウリが、ひとまず謝る。

「ごめん、気が回らなくて」

「だから、元気なら別にいいんだ、話さなくても。――ただ、最近、こっちでめっきり姿を見なくなったから、なにかあったのかと」

話題にのぼっているシモン・ド・ベルジュは、ユウリとオニールの共通の友人で、さらに、オニールとシモンは、パブリックスクール時代に全校生徒の頂点というべき総長の座を争った間柄だ。

昔から決して仲は悪くないのだが、フランス貴族の末裔《まつえい》で大天使のように高雅で万能であったシモンに対し、英国を代表する大女優イザベル・オニールの息子として、それなりのカリスマ性を備えたオニールが対抗意識を燃やして張り合うことが多かったため、親しい友人というよりは、互いを高め合うライバルという関係に終始する結果となった。

それは、卒業した今も変わらない。

フランスに戻ったシモンが、折につけ、ロンドンにいるユウリのところにやってきては当然のごとくその時間を独占することに対し、かねてより、ユウリの庇護者《ひごしゃ》たらんとしていたオニールはいつも文句を言っていたのだが、こうしてシモンが来なくなったら来なくなったで、どこかつまらなそうにしているのだから、男心も複雑だ。

結局、喧嘩《けんか》するほど仲がいいと諺《ことわざ》にもあるとおり、相手と張り合おうとするのも、ある意味、愛情表現の裏返しなのだろう。

そのあたりの事情を察しているユウリが、「そうだよね」と応じる。

「僕も詳しくはわからないけど、年末にちらっと聞いた話では、ここにきて、予期していなかった仕事が一つ増えて、それに時間を取られているみたいだよ」

「ふうん」

応じたオニールが、「そういえば」と若干やっかむ口調に戻って訊《き》き返《かえ》した。

「年末年始は、今回も日本で一緒に迎えたんだっけ?」

今日はクリスマス休暇明けの最初の授業があった日で、ロンドン大学の学生である彼らは、校舎が散在するブルームズベリー界隈《かいわい》でお昼を食べるために、他の仲間がいるはずのカフェへと向かっているところであった。

おそらく、そのカフェでは、それぞれが休暇中に体験したことで盛り上がることになるだろう。

昨今は、離れていてもSNSなどで互いの近況を把握し合えるとはいえ、ユウリやシモンなどはいっさいその手の情報を公開していないし、公開していたとしても、やはり顔を合わせてしゃべるのとでは大きく違う。

オニールの言葉を受けて、ユウリが認める。

「ああ、うんそう、一緒だった」

「つまり、なんだかんだ言っても、ユウリとベルジュは、しょっちゅう顔を合わせているってことだな」

「そうなるね」

無二の親友同士であるユウリとシモンは、ここ数年、クリスマスをフランスのロワール地方にあるベルジュ家の城で過ごしたあと、二人して日本に向かい、そこで揃《そろ》って年越しをするのが恒例となりつつあった。

それを可能にしているのが、ユウリの置かれている特殊な環境だ。

著名な科学者としてケンブリッジで教鞭《きょうべん》をとっているユウリの父親は、あまりクリスマスを重視せず、むしろ、今現在ユウリの母親が日本で子育てをしていることもあって、そこに合流する形での正月休みに重点を置いている。

ゆえに、以前はユウリも、日本に向かう飛行機の中でクリスマスを迎えたりしていたのだが、それくらいなら、いっそフランスに寄ってそこで伝統的なクリスマスを祝い、そのあと、年末年始を日本で過ごせばいいのではということになり、それにシモンが便乗する形で実現するようになっていた。

もっとも、今年あたり、ユウリの母親が弟を連れて英国に戻ってくる可能性もあるため、今後はどうなるかわからない。

オニールが、辿《たど》り着《つ》いた店の扉を開けながら訊く。

「なら、二人とも、休みはゆっくりできたんだな?」

「――あ、いや、それがそうでもなくて」

苦笑したユウリは、日本での騒動を思い浮かべつつ説明する。

「今回は、僕もシモンも、ベルジュ家から依頼されたミッションがあったから、けっこう動き回る必要があって、それほどのんびりした休日にはならなかったんだ」

「ふうん」

「そういう、アーサーこそ、後半は、少しのんびりできたの?」

後半限定で尋ねたのは、クリスマスと年末は、いくつかイベントへの出演が決まっていると前に聞いていたからだ。

当然、スポンサーつきの大がかりなイベントである。

「まさか。年明け早々、CM撮りの仕事だったよ」

「CM?」

知らなかったユウリが、驚いて誉《ほ》める。

「すごいね」

さすが、今を時めく人気俳優だ。

しかも、夏に撮った映画が少し前に公開され、オニールのファンは今や世界中に広がりつつある。

ただ、彼の話が決して自慢でないことは、そのあとの悩ましげな口調から容易に察せられた。

「まあ、そうやって誉めてもらえるのはすごく嬉《うれ》しいけど、正直、僕自身が本当にすごいのかどうかはわからない。なにせ、最近は、単にマネージャーに言われるがまま、ただただスケジュールをこなしているに過ぎないから。――いわば、操り人形《マリオネット》だな」

「そんな」

ユウリが、軽く目を見開いて応じる。

「僕は、アーサーが操り人形《マリオネット》だとは思わないし、仮に、そうだったとしても、すごいことに変わりはないよ」

「本当に、そう思うか？」

「うん、思うよ」

断言し、ユウリは「まず」と続けた。

「操り人形《マリオネット》だって、今のアーサーほどの人気を博するというのは誰にでもできる芸当ではないし、だからこそ、まわりは放っておかないわけだから。――それに、アーサー自身は落ち着いて考えている暇もなくて大変だろうけど、チャンスが目の前にある時には、流されるまま、思いっきり忙しくしていていい気がする」

「……そうか？」

セルフサービスの列に並びながらチラッと見おろしてきたオニールに対し、ユウリはさらに力説する。

「うん。――というのも、運が大きく左右するようなこの手の仕事は、一度そのチャンスを逃してしまったら、次にいつ巡ってくるかはわからないわけだから」

「まあ、たしかに」

「それが本人の意思にまったく反することならともかく、少なくとも、アーサーはこの世界で生きていく覚悟がすでにあったわけだし、乗れそうな波があるならひとまず乗っちゃって、あとはどうすれば、大ケガをせずに乗りこなせるかということに集中したほうがいい気がする。『後悔先に立たず』って、だから、慎重になれという警告がなされているんだろうけど、僕なんかにしてみると、ことが起こる前からくよくよ悩んでも始まらないって言われているように思えてならない」

「それはまた、ものは取りようだな」

からかうように言われ、ユウリは「そうなんだけど」と付け足した。

「なんであれ、せっかくの波乗りなんだから、波について考えるより、そこから見える景色を存分に楽しんだほうが得だよね。どんな波だって、いつかは浜辺に着くわけで、考えるのはその時でもよくない？　――大丈夫。自分の足下にあるのは『波』に過ぎないという自覚さえあれば、アーサーならきちんと乗りこなすし、きれいに着地して、また次の波を見つけられるよ」

「なるほどねえ」

　オニールが納得したようにうなずいた。

　それから、小声で繰り返す。

「……存分に楽しんだらいい、か」

　どうやら、あまりの過密スケジュールで少々方向性を見失いかけていた様子のオニールであったが、ユウリの言葉がすとんと心に落ちて、自信を取り戻したらしい。

「そうだよな」

　自分を納得させるように呟《つぶや》いたオニールが、顔をあげて続けた。

「そう言われると、不思議なもので、やれる時はがむしゃらに頑張ればいいって気がしてきたよ。――ホント、なにをうじうじ悩んでいたんだか」

　バカバカしそうに言うオニールに対し、ユウリが「まあでも」と慰める。

「オニールの気持ちは、わからなくもないよ。自分がコントロールしていない状況でがむしゃらになるのって、すごく勇気がいることだから」

「だよな」

オニールが、ホッとしたようにうなずく。

たぶん、気持ちをわかってもらえたことで、さらなる安心感が得られたのだろう。

かように、ユウリというのは不思議な存在で、彼のなにげない一言やちょっとした振る舞いが、落ち込んでいる人間や苦しんでいる人の心を癒《い》やし、自然と活力を取り戻させてくれることがよくあった。

おそらく、彼の発する言葉のすべてが、羨望《せんぼう》や自我とはいっさい無縁の、ただただ相手のためを思ってのものだからだろう。

そんなユウリの特質を評し、「歩く空気清浄器」とのたまった人間もいたくらいだ。

セルフサービスの店内で、それぞれサンドウィッチや飲み物などを取って会計をすませた彼らは、すでに来ていた仲間たちと合流するため、奥のテーブルへと歩いていった。

2

フランス第二の都市、リヨン。

見渡す限り赤い屋根が広がり、中世の雰囲気を今に伝える石造りの街に、週末、一人の青年が降り立った。

小柄でどこか小動物を連想させるが、一方で、黄緑色の瞳だけはやけに貪欲《どんよく》そうに輝いている。

装いこそ紳士めいているが、老舗《しにせ》の伝統的なコートが若干浮いて見えるあたり、まだ着こなせる年齢に達していないか、精神が追いついていないのだろう。

彼の名前は、ルイ＝フィリップ・アルミュール。

パリ大学の学生で、十六区にある瀟洒《しょうしゃ》なアパルトマンで両親とともに暮らしている。

その彼が、二時間の距離を移動してリヨンまで高速列車でやってきたのには、訳があった。

（……本当に、彼は来るのだろうか？）

駅前のロータリーに立ち、心許《こころもと》なさそうにあたりに目を配る彼のコートの内ポケットには、一通の招待状が潜んでいる。

それがそんじょそこらの代物でないことは、封筒の質感や封蠟《ふうろう》の存在などからわかる。

カードに刻印された紋章の中心には、「ＰＰＳ」をデザイン化したと思われる、「Ｐ」の下部を長く伸ばしたところへ蛇のように「Ｓ」を絡ませた文様が金色の洒落た飾り文字とともに描かれていて、同じ文様の指輪を、ルイ＝フィリップも指にはめていた。

（ついに、会えるんだ……）

彼は、この時をずっと心待ちにしてきた。

ＰＰＳ。

それは、彼が所属する秘密結社の名前で、入会時に概要を教えられた以外はいっさいが謎《なぞ》に包まれている。当然、インターネットで検索しても、この名称でヒットするようなものはなく、世間の目からは完全に隠された存在となっていた。

ただし、そこに至る入り口はあり、彼の場合、「Cahol《カオル》」という名前の管理人が運営するヨーロッパの秘密結社の歴史を語るサイトがそれだった。そこに彼なりの意見を書き込んでいるうちに、管理人から直《じか》に連絡がくるようになって、ついには「ＰＰＳ」の存在を知らされた。

以来、連絡は、常に「Cahol」を通してくるため、全体の会員数などはわからず、会員同士が互いに知り合うこともない。

ただ、必要に応じて別の会員とタッグを組むことはあって、わずかながら、ルイ＝フィリップが知る会員もいるにはいた。

たとえば、日本に行けなかった彼の代わりに、現地で動いてくれた会員。

パリで行動をともにしたことのある、同じくらいの年齢のフランス人。

他にも、彼のライバルとして本部のほうから教えられたイギリス人のマーカス・フィッシャーなど、それぞれが完全に孤立しているわけではない。

でなければ、さすがに彼も、おいそれと信じる気にはならなかっただろう。

さらにもう一つ。

日本、アメリカ、ヨーロッパの各支部には、それぞれ十三名からなる高位位階保持者のグループがあるということがわかっていて、ルイ＝フィリップは、このたび、彼のライバルであったマーカス・フィッシャーを制し、ヨーロッパ中枢部で空いた十三番目の席に座ることが許されたのだ。

その確たる証《あかし》がこの招待状であり、今宵《こよい》、彼は選ばれた者だけが知ることのできる新たな秘密を手にするはずだ。

（――僕は、変わる）

無意識にゴクリと唾《つば》を飲み込みながら、ルイ＝フィリップは思う。

（僕は、生まれ変わるんだ）

このあと、どんな運命が待ち受けているかはわからなかったが、彼は、自分が今までとは違う自分になるという、ある種、うっとりするような幻想に酔《よ》い痴《し》れていた。

自分ではない誰か。

これまでとは違う、なにか。

それが、もうすぐ彼のものになる。

とはいえ、今の彼にとって、その招待状だけがすべてであり、若干、不安がないわけではない。

送り主である「Cahol」については、彼が高位位階保持者の一人であるということくらいしかわかっておらず、そんな正体不明の人物の指示を受けて、右も左もわからないような土地に一人でやってくるなど、世間の常識からすると危険極まりない行為である。

相手が、猟奇殺人犯だったらどうするのか。

そのまま誘拐され、殺されてしまう可能性だって、ないわけではないのだ。

だが、夢見る若者に、その手の危機感は皆無だ。あるいは、逆に、そういった危機感こそが、無意識のうちに、無謀な若者の心を駆り立てるのかもしれない。

それに加え、ルイ＝フィリップには、ある貪欲な計算も働いている。

というのも、「Cahol」については、今のところ年齢などいっさいわからずにいるが、これまでの会話から察するに、どうやら彼こそがＰＰＳの中でも頂点に立つメンバーであるようなのだ。

この手の組織の常で、上層部の人間というのは、社会的にも地位がある場合が多い。PPS自体は、ルイ＝フィリップやマーカス・フィッシャーのように、学生が中心となって活動している組織であったが、実務的なことから引退した上層部の広大なコネクションを利用すれば、社会に出た時、ルイ＝フィリップの未来が明るいものになる可能性が高かった。

（……それにしても、遅いな）

約束の時間を十分ほど過ぎたにもかかわらず、相手が現れる様子はなく、ルイ＝フィリップの中にまっとうな疑念が込み上げてくる。

（まさか、騙《だま》されたとか？）

そう思いながら腕時計に目を落とし、ふたたび顔をあげた彼の前に、スッと一台の車が横づけされる。

黒光りする高級車だ。

ハッとする彼の顔が映り込んだ黒い窓がゆっくりとさがり、中から男の声で尋ねられる。

「『パピュス』の本当の職業は？」

それは、あらかじめ決められていた合い言葉で、ルイ＝フィリップは慌てて答えた。

「医者」

それに対し、車の中の声が満足げに言う。

「乗りたまえ、同志アルミュール」

そこで、ルイ゠フィリップは車のドアを開けて乗り込んだ。

動き出した車の中で、男が言う。

「さて。ようやく会うことができたね、同志アルミュール。――私が『Cahol』だ」

運転手は黒い仕切りの向こうにいて、車内にはルイ゠フィリップと男の二人だけである。

ルイ゠フィリップは、少しドギマギしながら応じる。

「初めまして」

それ以外に、言うべき言葉が見つからない。

相手は、ルイ゠フィリップが想像していたより、年齢が上のようだ。仰々しいペイズリー柄のスカーフタイが、その印象をより強くする。

ふと、彼の脳裏をよぎる不安。

（……このまま ついて行ってしまって、はたして大丈夫なのか？）

それは先ほどまでの漠然としたものと違い、かなり生々しい不安だった。

チラッと視線をやった窓の外では、見慣れない街の景色が、彼の意思とは関係なくどんどん後方へと流れ去っていく。

いったい、彼らは、どこへ向かおうとしているのか。

（僕は、ふたたび元の世界に戻れるのだろうか――？）

遅まきながら目の前の現実がルイ＝フィリップに重くのしかかってくる中、彼の様子に気づいた「Cahol」が、からかうように言った。

「そう硬くならなくていい。君は、もう同志なのだから」

「……はあ」

「まずは、『おめでとう』と言うべきだな。――君は、勝者だ」

「ありがとうございます」

だが、本当によかったと言えるのか。

疑念を抱きつつ、ルイ＝フィリップは続けた。

「フィッシャーも、今頃、海の向こうでさぞかし悔しがっていることでしょう」

すると、「ほお？」と意外そうに受け、チラッとこちらに視線を投げかけた「Cahol」が言った。

「その様子だと、君は、まだ知らないようだな？」

「知らないって、なにを……でしょうか？」

「マーカス・フィッシャーのことだよ」

「――彼が、なにか？」

胡乱《うろん》げに尋ねたルイ・フィリップから視線を逸《そ》らし、唇を一文字に引き結んで前を見つめた「Cahol」が、ややあって「彼は」と告げる。

「我が組織に反旗を翻し、今や抹殺すべき存在と成り果てた」

「抹殺すべき存在？」

「そう」

「Cahol」の声に、苛立《いらだ》ちがにじむ。

「君に負けた悔しさからなのか。それとも、元来が秘密を守れない愚かな人間であったのか。──まあ、おそらくその両方なのだろうが、彼は、こともあろうに、この組織について、彼が聞き知ることのできたことをＳＮＳ上で公開し、我々のことを愚弄《ぐろう》したんだ」

「まさか！」

ルイ＝フィリップは、驚いて隣にいる「Cahol」の横顔を見つめる。

「組織についての暴露記事を書いたってことですか？」

「ああ。愚かさの極みだよ。君には、それがどういうことか、わかるな？」

「……ええ、まあ」

この手の組織は、秘密裏に存在するからこそいいのであり、公になったとたん、あっという間にその価値を失う。つまるところ、隠された事柄を知る権利は、そう簡単に他人に渡していいものではないということだ。

ルイ＝フィリップが、訊く。

「それで、フィッシャーはどうなるんですか？」

「当然、行動に対する責任を取ることになる」

「具体的には？」

「呪詛《じゅそ》だよ」

「――呪詛？」

いささか拍子抜けしたルイ＝フィリップが、ついその想《おも》いを口調に乗せてしまうと、

「おや？」と言っておもしろそうに彼を見た「Cahol」が、「君は」と続けた。

「これから高等魔術の実践を経験するというのに、その力を信じていないのか？」

「いえ、まさか」

反射的に否定したが、すぐに「え？」と言って訊き返す。

「高等魔術の実践？」

意外な情報に、一瞬、マーカスのことなど忘れて訊き返す。

「僕は、今日、高等魔術の実践に参加するんですか？」

「そうだ。――それこそが、わが組織の神髄だからな」

重々しくうなずいた「Cahol」が、ルイ＝フィリップと同じ指輪を撫《な》でながら続ける。

「同志となって間もない君が、わが組織の神髄である秘密の儀式に参加するのは異例中の

異例だが、精査の結果、君がもたらした『イブの林檎《りんご》』の正統性が証明されたため、全会一致で特別措置を取ることになったのだよ」

「正統性?」

「そう。あの魔術書《グリモワール》は、十七世紀のバーゼルで印刷され、ヴェネチアの貴族が所有したのち、しばらく存在がわからなくなっていたのを、十八世紀後半にオーストリアとドイツの国境付近に住んでいた男が手に入れたという経緯が、このたび、立証された」

「——なるほど」

突然のことでなんと応じていいかわからなかったルイ＝フィリップが覇気のない返事をすると、軽く眉《まゆ》をひそめた「Cahol」が言う。

「もちろん、君の戸惑いはわかるが、これはとても名誉なことであり、君は、今宵、世間一般の人間が永遠に知ることのない、だが、知っている者にだけは大いなる栄光をもたらす闇《やみ》の力を、その目でまざまざと見ることになるのだよ」

「闇の力を——」

「そうだ。そして、同じ力が、裏切り者であるマーカス・フィッシャーに逃れえぬ闇をもたらすことになる」

冷酷な宣言がなされた車内に、その一瞬、どろどろした黒い瘴気《しょうき》が漂ったように、ルイ＝フィリップには思えた。それと同時に、彼は、自分が引き返せない運命に巻き込まれようとしているのを、肌でひしひしと感じていた。

3

週明けの午後。

カフェで友人たちと話し込んでしまったユウリがふたたび外に出た時には、あたりはすっかり冷え込んでいた。

急がないと、ロンドンの冬は日の暮れるのが早い。

しかも、見あげた空には厚い雲がかかり、今にも雪がちらついてきそうである。

（なんか、今夜あたり、シチューが食べたい気分かも）

お昼を食べたばかりでもう夕食のことを考えていたユウリが、煉瓦色《れんがいろ》のダッフルコートの裾《すそ》を翻しながら大英図書館に向かっていると――。

「フォーダム」

ふいに、横合いから声をかけられる。

誰かと思って振り向くと、そこに、浅黒い肌をした一人の青年が立っていた。

中東系の精悍《せいかん》な顔立ち。背は高からず、低からずといったところで、口元にアルカイックな笑みを浮かべている。

ユウリは、その人物のことを知っていた。同じロンドン大学の学生で、名前は、たしか

「ナアーマ・ベイ」というはずだ。

「君……」

ユウリが認識すると、ベイは顔に笑みを張りつけたまま挨拶を返した。

「やあ、どうも」

そのままユウリの近くまでやってきて、ちょっとホッとしたように言う。

「よかった。その様子だと、僕のことを覚えていてくれたみたいだね？」

「うんまあ」

というより、忘れられるわけがない。

ちょうど、去年の今頃、さっきと同じように声をかけられ、当時、ユウリが持っていた万華鏡のことを訊かれた。

彼と彼の仲間は、その万華鏡に興味があったようで、こともあろうに、そのあと、ユウリを拉致《らち》監禁し、若干手荒い方法で万華鏡についての情報を聞きだそうとしたのだ。

（あんなことをされて、その相手を忘れられる人間って、いるのだろうか……？）

ふだん、お人好《ひとよ》しと言われるユウリであるが、さすがにあの時のことはよく覚えているし、なにもなかったかのようには振る舞えない。

それだというのに、ベイのほうは、まるで今日が初対面であるかのような――、いや、むしろ、旧来の友人であるかのような親しさで話を続けた。

「にしても、久しぶり。元気そうでなによりだ」

「君もね」

「おかげさまで」

そこで、会話はいったん途切れる。

ユウリにはそれ以上話すようなことはなかったし、それはベイも同じだろう。

一瞬落ちた沈黙のあとで、ユウリが思い切って尋ねる。しかも、彼にしては、いささかつっけんどんな口調になったのは否めない。

「――それで、ベイ、僕になにか用？」

「いや。これといって用はないけど、姿を見かけたんで呼び止めてみた」

「……呼び止めてみた？」

それでは、本当にただの友人ではないか。

だが、繰り返しになるが、ユウリのほうにその気はないし、当然ながら警戒心を緩めるつもりもなかった。

その思いを込めつつ、ユウリが煙るような漆黒の瞳で問うような眼差《まなざ》しを向けると、やっとその意図が伝わったのか、ベイが、「う～ん、だからさ、フォーダム」と両手をあげてなだめすかす。

「そんなに警戒しなくても、僕は、金輪際、君に対して手荒なことをする気はないし、言わせてもらえば、あの時だって、マーカスがあんなひどいことをするとは思ってもみなかったんだ」

「……ふうん？」

「あ、その顔は、信じてないね？」

冗談めかして応じたベイが、「でも、本当に」と畳みかける。

「あれは、マーカスが勝手にやったことで、僕にそのつもりはなかった。それより、これは前にも言ったと思うけど、僕は君と友だちになりたいと思っていて、今日は、その第一歩として、声をかけてみたんだ。――本当に、ただそれだけで、乱暴なことはしないと誓うよ」

「……別に、誓ってもらわなくてもいいけど」

そもそも、誓ってもらったところで、ユウリのほうに、ベイと友だちになる気はさらさらない。

百歩譲って、ベイの言うとおり、あの時、彼に乱暴をする気はなかったとしても、ユウリは単細胞のマーカス以上に、笑顔の裏でなにを考えているかわからないベイのほうが不気味に思える。

そんなユウリの逡巡《しゅんじゅん》をどう取ったのか、ベイは、彼が声をかけるまでユウリが急ぎ足で向かっていた方向に一緒に歩くようにうながしながら、「それに」と続けた。

「白状すると、僕は、例の件から完全に手を引いたんだ」

「……例の件？」

重大な告白のように持ち出された話題だったが、正直、ユウリにはそれがなにを意味するかわからなかった。

ベイが求めていた、あの万華鏡のことか。

それとも、まったく関係ない組織かなにかの話だろうか。

ややあって、ベイが当然のごとく言う。

「もちろん、マーカスも所属していて、悪魔召喚に成功したと考えられる過去の遺物を集めていた、あの黒魔術系の秘密結社だよ」

「……ああ、へえ」

ユウリもようやく合点がいった。

以前人から聞いた話では、そのような組織が実際にあって、今も活動しているということだった。たしか「エリュ・コーエン」という、十八世紀にできた秘密結社の流れを汲《く》む組織であるはずだが、詳細はわからない。

それに、だからといって、特に知りたいわけでもなく、ユウリはいささかどうでもいいように応じた。

「それは、よかったね。そんなものに関《かか》わっていても、きっとロクなことにはならないから」

「そのとおり」

パチンと指を鳴らして認めたベイが、「事実」と教える。

「同じように抜けることを決めたマーカスは、よせばいいのに、今までさんざん振り回された腹いせだとか言って、自身がやっているSNSに組織についての暴露記事を載せたんだよ」

「暴露記事？」

「そう」

大きくうなずいたベイが、「バカだろう？」と同意を求めるように言って続けた。

「当然、そのことは組織の人間に衝撃を与え、マーカスは呪詛されたって話だよ」

「――え？」

ユウリは驚き、歩きながらついベイの顔をジッと見てしまう。

「呪詛？」

「ああ」

「真面目《まじめ》な話？」

「真面目なうえに、リアルな話だ」

からかうわけでもなく認められ、ユウリも「そうなんだ」と受け入れる。ただ、そうはいっても、どうにも納得がいかないのは——。

「……なんで、呪詛なんか」

SNS上に暴露記事を載せられたことが、それまでにかわされた協定なり契約なりに反するのであれば、そのことを裁判などで争えばいいものを、そうはならず、呪《のろ》いで復讐《ふくしゅう》しようというのは、いったいどういうことなのか。

ユウリにしてみれば、驚き以外のなにものでもない。

だが、ベイはそうは思わないみたいで、軽く首を倒して答えた。

「それはまあ、あそこが、もともとそういう組織だからだろう」

「そういう組織って？」

「だから、さっきも言ったように、ああやって悪魔召喚の成功例を探し求めるくらいであれば、当然、その理念や教義内容は黒魔術に偏ったものになるわけで、そんなところに喧嘩を売れば、どうなるかは目に見えていたはずだ。——それだというのに、あんな暴露記事を書くなんて、愚かとしか言いようがない」

こき下ろしたあとで、ベイが「まあ」とマーカスの人となりを評した。

「彼、すごい短気だったし、元来、自分を抑えるというのが苦手なんだろう」

たしかに、それはこれまでの行動によって証明されていたが、ユウリは、暴露記事を書いたというマーカスのことより、その「組織」とやらのほうに意識が向いている。

「なるほど。……黒魔術ねえ」

繰り返したユウリが、漆黒の瞳を翳《かげ》らせて呟く。

「だけど、本当にそんなものを……？」

口調が半信半疑であるのは、ユウリの場合、力の存在そのものへの不信ではなく、そういった力を呼び起こす方法を探求することへの疑念からだ。

すると、小さい声だったにもかかわらず、しっかり聞き取ったらしいベイが、「それなんだけど」と教える。

「実際、呪詛の効果はあったんだ」

「――本当に？」

驚いたユウリが、目を見開いて確認する。

「つまり、今現在、マーカスは呪詛の影響下にある？」

「ああ」

うなずいたベイが、続ける。

「僕は、昨日、別件で彼とオンラインでビデオチャットをしたんだけど、びっくりするほどやつれ果てていた」

「それって、なにかの病気ではなく？」

むしろ、ふつうはそっちを疑うはずだ。

だが、ふだんから黒魔術や呪詛などにどっぷりつかっていると、ただの病気も、そうではなくなってしまうらしい。

若干白けた口調で「さあ」と応じたベイが、言う。

「それは、よくわからないけど、少なくとも、なにかに怯《おび》えているようだったし、彼のブログを読む限り、最近、変なものを見たそうだから」

「変なもの？」

真剣な表情で訊き返すユウリのことを、ベイが「してやったり」といった目で見る。

「もしかして、興味が湧《わ》いてきた？」

「そうだね」

ユウリが素直に認めると、ベイは片眉をあげて説明する。

「ブログによると、少し前、彼が乗ったマンションのエレベーターの壁に、乗り込む前まではなかったはずの小さな手形がついていたんだって」

「小さな手形？」

「彼は、たぶん、子供の手形だろうと書いていた。――ただし、そのマンションに子供は住んでいないし、なにより、乗り込むまではなかったはずのものが、どうやってついたのかわからず、不気味でしょうがないと」

「へえ」

「しかも、ことはそれだけにとどまらず、彼、それ以前からずっと誰かにあとをつけられている気がしていたそうで、でも、振り返っても、誰もいない。ただ、気配だけが常にまとわりついている感じが怖くてたまらないと」

「気配だけ？」

「いや。最近は、錯覚かもしれないけど、なにかの影が目の端をよぎるのが見えることもあるそうで、そういう時、耳の奥に囁《ささや》き声《ごえ》が聞こえるんだとかって」

「――それは、ちょっと怖いかも」

「だろ？」

ベイがスマートフォンを取り出しながら続ける。

「もちろん、それらはすべて、彼が勝手に主張しているだけで、証拠などなにもないわけだけど」

言ったところで、「あ、違うな」と否定する。

「こうして手形の写真を公開しているから、証拠が皆無というわけではない」

「写真？」

「ほら」

スマートフォンの画面を開き、それをユウリのほうに向けながら、ベイは話をまとめる。

「そんなわけで、もし興味があるなら、彼の暴露記事を読んでみるといいよ。――読み物としてなかなかおもしろいし、君だって、自分がどんな組織に狙《ねら》われたのか知るいい機会になるはずだ」

「わかった。ありがとう」

最後は礼まで述べたユウリは、ベイが提示してくれた画面のＵＲＬを写真で撮らせてもらうと、辿り着いた大英図書館の前でこの奇妙な邂逅《かいこう》を終わらせた。

4

ロンドン北部に位置するハムステッド。

閑静な住宅地として知られるこのエリアの一画を占めるフォーダム邸の書斎では、その日の夕方、居候の身であるアンリ・ド・ベルジュが、タブレット型端末で今週末に提出予定のレポートを書いていた。

かたわらには、焼き栗《やぐり》が盛られた大きな器と、それらのいくつかを剝《む》いて山積みしたものとその殻がのった小皿が置いてあり、時おり、その山から剝き身の焼き栗を口に運んでは、コーヒーに口をつけている。

名前からも察せられるとおり、アンリはユウリの親友であるシモンの異母弟で、ロンドン大学に留学が決まると同時に、フォーダム邸に居候することが決定した。以来、一年半近くこの家で暮らしているが、ユウリとはつかず離れずの程よい距離を保ちながら、良好な関係を築きあげている。

黒褐色の髪に黒褐色の瞳。

異母兄のシモンと似た面差しではあったが、片や完璧《かんぺき》な貴公子であるのに対し、アンリはどこか野性味の漂う青年だ。だからといって、決して粗野にはならず、立ち居振る舞いに品がある。

当然、ユウリより年齢は一つ下だが、しっかり者で世事に長《た》け、見た目も大人びているため、一緒に買い物などしていると、たいがい年上に思われる。

その向かい側では、ユウリがラップトップ型のパソコンを開いて、なにやら熱心に読んでいた。しかも、本人は気づいていないようだが、その口からは、時々「へえ」とか「ふうん」とか、時には「あ？」とかいう声がもれている。

それを、アンリがその都度興味深そうに眺めやる。

だいたい、ユウリがパソコンで調べ物をするのは珍しく、アンリは、ユウリがやってきてパソコンを見始めた時から、手元のレポートに集中できないほど興味津々だった。

いったい、なにを熱心に調べているのか。

今日一日で、彼になにがあったのか。

次に声をあげたら今度こそ尋ねてみようと身構えつつ、アンリは焼き栗を一つ取り、それを口に入れながら先ほどからほとんど進んでいないレポートをザッと読み返す。

そんな彼らのいる部屋の中では、暖炉で燃える火が、時おりパチパチと音を響かせていた。

「……なるほどねえ」

パソコンとにらめっこをしながらユウリがまたしても呟いたのを機に、アンリはついに話しかけることにした。

「ね、ユウリ」

「――なに？」

顔をあげずに応じたユウリに、アンリが訊く。

「さっきから、なにをそんなに熱心に読んでいるわけ？」

「――ああ、これ？」

そこで、ようやく顔をあげたユウリが、チラッと画面に目を落としながら言う。

「これは、なんというか、説明すると長くなるんだけど」

「聞くよ」

タブレット型端末を置いて身を乗り出したアンリに、ユウリが気遣うように応じる。

「でも、レポートが途中だよね？」

「そうだけど、気になって、それどころじゃない」

「……ああ、ごめん」

謝ったあとで吟味するように少し考えたユウリは、結局、パソコンの画面をアンリのほうに向けながら言った。

「なんというか、実は、今日、道でナアーマ・ベイという人に呼び止められて」

名前をあげたとたん、眉をひそめたアンリが、警戒するように繰り返す。

「ナアーマ・ベイって、去年の今頃、ユウリを拉致した人だよね？」

ユウリが驚いて、アンリの顔を見る。

「よく知っているね」

「そりゃ、いちおう、あの時は、すでに僕もこの家にいたし」

「ああ、そうか」

おそらく、それだけでなく、ユウリの身辺におかしなことが起きた時に備えて、パリにいるシモンとは随時連絡を取り合い、兄弟間で不審者情報を共有できるようにしているのだろう。

逆にいうと、それくらい、ユウリのまわりでは不穏なことが起きやすい。

しかも、ユウリ自身が引き起こすわけではなく、ユウリの霊能力に引かれて寄ってくる有象無象のものたちが引き起こす騒動だ。

アンリが、異母兄の心労を代弁する。

「ホント、ここに来るまでは、兄もちょっと心配性が過ぎるんじゃないかと思っていたけど、僕が甘かったよ。今なら、あの頃の兄の気苦労がよくわかる」

「……そう？」

「うん《ウィ》」

断言したアンリが、「それで」と話の続きをうながした。

「そいつはなんと言って、ユウリに近づいてきたんだ？」

「それは、『やあ』って感じ？」

その時の状況を思い出しながら一通り説明したユウリが、「実際」と告げる。

「特に危ないことはなく、本当に話をして別れただけなんだ」

「そうだとしても、そもそものこととして、そんな奴《やつ》の話をおとなしく聞いてやる必要があったかどうかは、疑問だよね。その場で、『はい、さようなら』ということはできなかったわけ？」

「どうだろう？」

首を傾《かし》げたユウリが、「わからないけど」と応じる。

「おかげで、おもしろいことがわかったし」

なんだかんだ警戒心の薄いユウリを溜《た》め息《いき》とともに眺めてから、アンリがパソコンの画面を顎《あご》で示して言う。

「それが、この情報？」

「そう」

「記事を書いたマーカス・フィッシャーって、兄にケガをさせた奴だよね」

「うん。ちょっと短気で――」

言いかけたユウリを、アンリがチラッと見て訂正させる。

「ちょっと？」

「違うね。――かなり短気で、ベイも、自分が関係した件では、彼がいなければ、あんな乱暴なことにはならなかったと弁明していたよ」

「そんなの、止めない限り、同罪だろう」

「ま、そうなんだけど」

　認めたユウリが、話を続けた。

「その彼が、短気な性格そのままに、勢いで、それまで自分が所属していた組織の暴露記事を公開したのが、それらしい」

「なるほどねえ」

　ユウリが話している間にもどんどん記事を読み進めていたアンリが、途中、手を伸ばして引き寄せた焼き栗の皿をユウリも取れるように押しやりながら言う。

「前に僕が聞いたのは、彼らは『エリュ・コーエン』という十八世紀にできた秘密結社の流れを汲む組織だということだったけど、この『ＰＰＳ』というのが、現在の正式な名前なのかな」

「ああ、うん、そうみたい。僕も初めて知った」

「で、――へえ。こっちも、けっこう歴史があるな。十九世紀に、ギュスターブ・ペリンという人物が創設したとある」

意外そうに言うアンリの口調を受け、ユウリが焼き栗を口に入れながら「たしかに」と応じる。

「僕も意外に思った。もっと最近の……、たぶん、ここ数年のうちにできた集団だと勝手に考えていたから」

おそらく、それは、マーカス・フィッシャーやルイ＝フィリップ・アルミュールなどから受ける印象によるのだろう。彼らの底の浅さと伝統ある組織というのが、どうにもそぐわなく思えるのだ。

先ほど、ユウリが記事を読みながら「へえ」とか「ふうん」とか漏らしていたのも、そのあたりのギャップを踏まえてのことであった。

続きを読みながら、アンリが口にする。

「名前の由来も書いてあるね。――えっと、『わが組織は、著名なイリュミニストであったルイ＝クロード・ド・サン＝マルタンと、その偉大な師であるマルチネス・ド・パスカリより語り継がれた秘密の教義を後世に伝えるため、ギュスターブ・ペリンがここに創設したものである。よって、ペリン、パスカリ、サン＝マルタンの頭文字を取ってＰＰＳと命名する』とあるから、まあ、そうなんだろうな。ただ、これなら『ＰＳＰ』でもよかった気がするけど、自分を先頭に持ってくるあたり、なんとなくギュスターブという人の人物像が見えてくるね」

「たしかに」

なんであれ、これで、マーカスやルイ＝フィリップがはめていた『P』と『S』を組み合わせてデザインした指輪の意味も解明できたことになる。

アンリが続けた。

「それで、彼らは、『Dのリスト』というのを所有していて、そのリストにある悪魔召喚のための呪物《じゅぶつ》を手に入れることで、いにしえから伝わる大いなる力を手にできると信じている――か。リストの詳細は次回掲載ということらしいけど、なんというか、これだけ読むと、とんでもなくイカれた集団だな」

「それは否定しない。実際、やっかいな人たちだったし」

マーカスやルイ＝フィリップも、その「Dのリスト」に基づいて、ユウリやアシュレイのいる場所に出没していたはずだ。

ただし、そのすべてが無駄骨に終わった。

もともと、その素質がなかったのか。――それとも、絡んだ相手が悪すぎたのか。どちらであれ、運が悪かったことに変わりはない。

ユウリが、そのあたりの事情を鑑《かんが》みて言う。

「もしかして、思うように結果が出せないことで、いい加減嫌になって、暴露記事を書く気になったのかな？」

「その可能性は大いにありそう」

「だけど、彼らの組織がこれほど歴史あるものだとすると、へたをしたら、呪詛もそれなりに効力があったりするかもしれない」

とたん、アンリが訊き返す。

「呪詛って？」

「――え？」

訊き返されたことで驚いたユウリだったが、すぐに、まだそこまで話していなかったことに思い至り、「ああ、そうか」と納得する。

「ごめん。さっきの話の続きになるけど、実は、フィッシャーは、この記事のせいで呪われてしまったらしいんだ」

「呪われたって、組織の人間に？」

「たぶん」

「マジで？」

ベイから話を聞いた時のユウリと同じように疑わしげに応じたアンリが、「この記事に対し」と続ける。

「法的手段に訴えるのではなく、呪詛したってこと？」

「みたいだね」

応じたユウリが、「しかも」と教える。

「フィッシャーは、呪詛をかけられたと知って、体調を崩してしまったようなんだ」

「へえ」

気の毒そうでもなく応じたアンリが、ユウリへの警告を含めて「でもまあ」と感想を述べた。

「自業自得だし、こっちにしてみれば、所詮《しょせん》は対岸の火事だから」

「わかっている」

察したユウリが苦笑し、「僕も」とおのれの考えを明確にする。

「あえて、この件に関わろうとは思わないし」

「それを聞いて、安心したよ」

うなずいたアンリが、「それで」と尋ねる。

「このことを、兄には？」

「言ってない」

答えたあとで、ユウリが訊き返す。

「え、もしかして、アンリ、報告する気？」

その時には、すでにタブレット型端末を取り上げていたアンリが、「そうだね」と言いながら画面をスライドする。

「いちおう、話くらいは通しておこうかと」

「でも、シモン、今、忙しいみたいだから、こんなつまらないことで煩わせる必要はなくない？」

「ああ、まあ、たしかに」

一瞬、手を止めたアンリが、考えるように上を向く。

「言われてみれば、思わぬ騒動に巻き込まれて、ここのところ若干大変そうではあるんだけど」

「――そうなんだ？」

ユウリは詳しいことを知らなかったが、やはり同じベルジュ家の人間だけはあり、アンリはユウリより内情を把握している。

ユウリが「だったら」と続けた。

「報告する必要はないよ」

「う～ん、でも」

そこで、ふたたびタブレット型端末を操作し始めたアンリが、「逆に、この程度の記事なら」と応じた。

「兄なら目を通すのにものの一分とかからないだろうし、ちょっとした気分転換には、むしろいいだろうから、やっぱり、いちおう報告しておく」

アンリがメールを送ると、それから五分もしないうちに、ユウリの携帯電話が鳴り出した。

　発信者を確認するユウリに、アンリが訊く。

「兄？」

「そうみたい」

「だろうな」

　どこかおもしろそうに言うアンリを尻目《しりめ》に、ユウリが電話に出る。

「もしもし、シモン？」

『やあ、ユウリ』

　海の向こうにいるシモンの高雅な姿が浮かぶような貴族的な声を聞き、それだけで気分が高揚したユウリが訊き返す。

「もしかして、アンリからのメールを読んだんだよね？」

『うん《ウイ》』

　短く母国語で肯定したシモンが、端的に確認する。

『それで、ナアーマ・ベイが、君に接触してきたって？』

「そうなんだけど、本当にただ話をしただけで、特になにがあるわけでもないから心配しないで」

『そうは言っても、用心するに越したことはないよ』

警戒する口調で言ったシモンが、『というのも、彼』とシモンなりの感想を述べる。

『あの笑顔の下で、なにを考えているかわからないところがあるから』

「わかっている。——僕も、正直、どれほど愛想よくされても、あまり信用する気がしないんだ」

『それを聞いて、ホッとしたよ』

先ほどのアンリとほぼ同じことを言ったシモンが、『それなら』と確認する。

『ユウリが、この件で、彼らに会うことはないんだね？』

「ないよ。——向こうからも、そんな話はしてこなかったし」

『だとしたら、当分は静観だな』

その口調から察するに、シモンも、今回のことは、まだそれほど真剣に心配しているわけではなさそうで、むしろ、このことを口実に久々に生の声を聞こうと電話してきただけのようである。

その証拠に、すぐに話題を変えて尋ねた。

『そういえば、マリエンヌとシャルロットが、懲りずにまた栗をそっちに送ったようなんだけど、届いているかい？』

ベルジュ家の、天使のように愛らしい双子の名前をあげて言われたことに、ユウリは笑顔になって応じる。

「あ、うん。届いたよ。――今も、食べている」

報告する横では、まさにアンリが新たな栗を剝いて食べるところだった。

シモンが苦笑気味に言う。

『そうだろうな。アンリ、焼き栗が好きだから。――ただ、放っておくと際限なく食べてしまうので、適当なところで取り上げてくれるかい？』

「え、本当に？」

ベルジュ家の兄弟はどちらも自己制御に長けているので、おそらく冗談ではあるのだろうが、言われてみれば、秋の収穫時に送られてきた時、アンリはいつもより間食の量が多く、その分、夕食があまり食べられなかったことがあったし、今も然りだ。

そこで、ユウリは電話しながらアンリをつつき、顔をあげたところで栗を指さしてその手を水平に動かす。

たいがいにしておけという合図だ。

それに対し、眉をあげたアンリが、自分で積みあげた栗の殻を改めて見おろし、さすがに食べ過ぎたと自覚したのか、名残おしげに肩をすくめると、これから剝こうとしていた栗を素直に戻した。

その様子を微笑ましげに見ながら、ユウリが電話での会話を続ける。

「だけど、この時期になっても、まだ栗って残っているものなんだね。知らなかった」

それこそ、秋口には城の庭で採れた栗が大量に送られてきて、それが両家の間にちょっとした騒動を引き起こしたものである。そういう意味で、ベルジュ家の愛らしい双子は、それとは知らずに無邪気に騒動を巻き起こす天才なのだ。

先ほどシモンが「懲りずに」と言っていたのは、その時のことを踏まえた上での発言である。

そして、もちろん、ユウリは、その無邪気さ込みで、彼女たちのことが大好きだった。

ただ、それはそれとして、年も越した今になって、こうして新たに栗が送られてくるとなると、もしや、「遅咲き」ならぬ、「遅生《な》り」の品種でもあるのかと思いきや。

『――ああ、いや』

ユウリの言葉を否定したシモンが、『その栗は』と説明する。

『うちが契約している農家が専用の貯蔵庫で保存しておいたものなんだ』

「へえ」

『とはいえ、それもさすがに尽きたそうだけど』

「あ、そうなんだ。――ま、旬のあるものだしね」

『うん。あとは、ケーキにしろなんにしろ、加工したものを使うしかない』

「それなら、よけい大事に食べないと」

そんな他愛ない会話をしたあと、夕食の時間になったのを機に、二人は名残を惜しみつつ通話を終わらせた。

5

フランスの首都パリ。

街中を分断するように流れるセーヌ河左岸には、「カルチエ・ラタン」と呼ばれる、中世の頃より学業の殿堂として栄えてきた地区がある。

その中核をなすのが、名門中の名門、「ソルボンヌ」の通称で知られるパリ大学だ。

もっとも、ヨーロッパの多くの名門大学がそうであるように、そこにはいくつもの大学が存在し、それらの連合が「パリ大学」としてくくられている。しかも、それぞれの主義主張から連合を離脱したり再編成されたりと、その構造はなかなか複雑で一言で説明するのは難しい。

そんな中、シモンは「ソルボンヌ」の名を冠した大学の一つに所属しているため、ここがまさに本拠地となっていて、その日も、午前中の授業を終えたところで、お昼を食べるために大学の近くにあるカフェへとやってきた。

窓際に座る彼の姿に、通りすがりの人々の目が吸い寄せられる。

白く輝く金の髪。

澄んだ水色の瞳。

造形の美しい顔は、神の起こした奇跡としか言いようがなく、その優美で高雅な雰囲気は降臨した大天使を思わせた。

そんな彼の目が向けられた先には、冬枯れた通りの景色が広がっている。

今がクリスマス・シーズンであれば、暗い中でも色鮮やかな電飾やリースなどが街の景色に彩りを添えるが、それが過ぎると、春を告げるミモザの咲く頃まで、街中は灰色一色に染まってしまう。

それでなくても、元来が石畳の冷たい街である。

それがエスプリの効いたパリっ子を育てる土壌になっているとはいえ、やはり、この時期は、シモンといえども少々気分が滅入《めい》る。

（――というか、僕が少し疲れているのか）

ここのところ身辺がバタバタしているせいで、睡眠時間が極端に少なくなっている。昨日、久しぶりにユウリと電話で話せて少し気持ちが和らいだが、それももはや遠い過去となりつつあった。

とにもかくにも、おのれの不甲斐《ふがい》なさを景色のせいにしてはいけないと思い直したシモンは、一度光沢のあるネイビーブルーの腕時計に目を落としてから、なんとか気持ちを切り替え、食事を終えた皿と入れ替えるようにテーブルの上に置いてあった教科書を取り上げる。授業前に読んでおきたいページは、まだ十ページほど残されていた。

それだというのに、せっかく集中して読み始めたシモンの前に、その時、断りもなく座り込んだ人物がいた。

顔をあげたシモンに対し、美しい赤毛をボブカットにした女性が、蠱惑的《こわくてき》に輝くモスグリーンの瞳でこちらを見つめながら、まるで王族が一般人に対してやるように胸の前で小さく片手を振って挨拶してくる。

「やっほ～」

シモンが、絶望感とともにその名前を呼ぶ。

「――ナタリーか」

「なに、その地獄に突き落とされた亡者のような反応は」

「それは、言い得て妙だね」

カフェオレのカップに手を伸ばしたシモンが、「まさに」と冷たい声で続ける。

「そのとおりの気分を味わっているから」

「あら、それは気の毒に。――なんなら、そのへんで懺悔《ざんげ》でもしてきたら？　少しは気が晴れるかも」

それはない。

元凶が目の前から消えない限り、シモンの気分は絶対に晴れない。

母方の従兄妹《いとこ》であるナタリー・ド・ピジョンは、その魅力的な外見からは想像もつかないくらい破壊的で人騒がせな性格をしている。しかも、同じパリ大学に通う身から、シモンがその後始末をさせられることが多く、いつ会っても要注意人物なのだ。

　できることなら、会わないでいたい。

だが、シモンの心中などどうでもいいナタリーは、げんなりする相手を前に長い腕を伸ばしてギャルソンを呼ぶ。

　それだけで人目を引くほど、彼女は華やかだ。

「ねえ、ちょっと《エクスキュゼ　モア》。私にカフェオレとハムサンド」

　すかさず、シモンが付け足した。

「テイクアウトで《ア　アンポルテ　シルヴプレ》」

　それに対し、二人の間で戸惑ったギャルソンが、最終的に確認を求めてナタリーを見おろしたため、ナタリーは肩をすくめてうなずいた。

「ええ。テイクアウトでお願い」

　ただ、それだけで終わらせないのが、ナタリーだ。

「支払いは、彼が」

　とたん、今度はシモンを見おろしたギャルソンが、その際、少しだけ口元を緩めるのがわかった。おそらく、目の前にいる二人が、ハリウッド映画にでも出てきそうなくらいの美男美女であるにもかかわらず、ふつうのカップルのように男女間のトラブルを抱えていそうだと見て取って、楽しんでいるのだろう。

シモンとしては、冗談でもナタリーとの関係を勘繰られたくはなかったが、さすがに男として、顔見知りの女性に頼まれた支払いを拒否する気にはならず、うなずいてギャルソンをさがらせる。

それから、水色の瞳でナタリーを睨《にら》んで尋ねる。

「で？」

「『で？』っていうのは？」

「だから、なんの用があって、そこに座っているのかと訊いているんだよ」

「用？」

まるでその単語を初めて聞いたかのように繰り返したナタリーが、斜め上を見て考えてから答えた。

「用はないけど、私、お腹《なか》が空《す》いちゃって」

「だとしたら、なにも、ここに座る必要はないだろう」

言ったあとで、あたりを手で示して続ける。

「見てのとおり、他にも席はいっぱい空いているんだ」

「でも、目の前にお財布が落ちていたら拾うのがふつうでしょう？」

どうやら、シモンのことを便利な財布とみなしているらしい。

シモンが呆《あき》れて応じる。

「百歩譲って君がお財布を拾ったとして、だったら、使わずに警察に届けるのが良識だろう。こうして勝手に使うというのは、どうかと思うよ」

「たしかに」

認めたナタリーが、首をひねって考える。

「変ね。私、どこかで論法を間違えたかしら？」

「というか、もともと無理があり過ぎただけだろう。——ということで、次から支払いは自分で」

言いかけたシモンを無視して、ナタリーがポンと手を打ち、「わかった！」と叫ぶ。

「拾ったのはただの財布じゃなくて、隠されていた財宝にすればいいのよ。それなら、使おうが貯金しようが、私の勝手でしょう？」

「そうだけど、だとしたら、君は悪魔に魂を売ったことになるね。——ナタリー、言っておくけど、地獄から呼ばれても、僕は聞こえないふりをするよ」

「どうぞ〜」

そこで頬杖《ほおづえ》をつき、モスグリーンの目を細めてシモンを見返したナタリーが、「地獄で助けを呼ぶなら」と宣言する。

「貴方《あなた》ではなく、ユウリを呼ぶし」

「──ナタリー」

大切な友人を引き合いに出されたシモンが、警告するように名前を呼んだ、まさにその時──。

「ベルジュ」

同じタイミングで横から呼ばれ、二人同時に声のしたほうを向く。

そこに、小柄な青年が立っていた。どこか小動物を思わせる風体の中で、黄緑色の瞳だけがやけにぎらぎらと光っていた。

「……ああ、アルミュールか」

相手を認識したシモンであるが、珍しく名前を呼ぶまでに間が空いた。ルイ＝フィリップの様子がいかにもおかしく、すぐに彼とはわからなかったからだ。

眉をひそめたシモンが、内心で「千客万来だな、しかも、呼んだつもりのない人間ばかり」と辟易《へきえき》しつつ、不審げに尋ねる。

「それで、なんの用だい？」

すると、スッと一歩近づいたルイ＝フィリップが、挨拶や前置きもなくすがるように懇願した。

「助けてほしいんだ、ベルジュ」

「──は？」

いきなりなにを言い出すのかと驚いたシモンが、チラッとナタリーと視線を合わせてから問い返す。

「君、なにを言っているんだ？」

「だから、君に助けを求めているんだよ。恥も外聞もなく、ね。──だって、僕は、このままだと大変なことになる」

「それはご愁傷様なことだけど、またずいぶんと唐突だね」

冷たく応じたシモンが、「だいたい」と続けた。

「なんで、僕が」

これまでの経緯を考えれば、本当に、よくシモンにすがりついてこられたものである。

もちろん、当人も「恥も外聞もなく」と言っていたくらいだし、あるいは、本当にのっぴきならない事情があるのかもしれないが、たとえそうであったとしても、シモンには関係のない話だ。

するとシモンの語尾に被《かぶ》せるように、ルイ＝フィリップが言った。

「すまない。だけど、本当に困っていて」

さらに一歩近づこうとしたルイ＝フィリップを、氷のように冷たい水色の瞳で牽制《けんせい》したシモンが、相手の顔を見すえる。

（「困っていて」と言われてもね……）

シモンが推測するに、それは、ルイ＝フィリップが所属している怪しげな組織と関係があるに違いない。

そう思った根拠は、彼らの組織について、ある暴露記事が出たというのを、昨日メールで知らされたばかりだからだ。

（……まったく、嫌になるな）

こうなると、昨日、ナアーマ・ベイがユウリに接触してきたことも、このまま、なにもなく終わるとは思えなくなってくる。

おかげで、シモンは本気で危惧《きぐ》せざるをえなくなった。

「なあ、ベルジュ、とにかく話だけでも――」

言いかけるルイ＝フィリップをうるさそうに片手で制し、シモンは、けんもほろろに「悪いけど」と断った。

「なにを聞かされようと、僕は君のためになにかするつもりはない」

「そんな――！」

絶望を露《あらわ》に見つめてくる相手を冷めた目で黙殺しつつ、シモンはナタリーのところに運ばれてきたテイクアウト用の支払いをすませてしまうと、教科書やスマートフォンなどを手早くまとめて、席を立つ。

「ということで、忙しいので失礼するよ」

そのまま、あとも見ずに歩き去る。

その背後では、ルイ＝フィリップのことなど眼中にないように立ちあがったナタリーが

「あ、シモン、ごちそうさま～」と明るく言いながら席を離れ、反対方面に向かって軽快な足取りで去っていった。

第二章　救済者の本分

1

イングランド中部。

世界に名高きオックスフォード大学に通うマーカス・フィッシャーは、このところずっと怯《おび》えていた。

小さな物音にも身をすくませ、いつもビクビクして落ち着かない。

今も、そうだ。

亜麻色の髪に茶色い瞳《ひとみ》。

眼鏡をかけた姿は高慢かつ神経質そうで、実際、キレるとすぐ暴力に訴えるようなところがあったが、ここに来てげっそりとやつれ、頬《ほお》のこけた顔で疑わしげに背後を振り返る様子は、まさに安らぎを得られずにさまようゾンビのようである。

彼にとって、周囲の人間はすべて敵になってしまったらしい。

いったい、彼の身になにが起きているのか。

彼は、どうしてしまったのか。

事情をまったく知らない人間が見たら、その場でゾンビドラマの撮影でもしているのかと思うだろう。

だが、特殊メイクなどではなく、彼は本当に憔悴《しょうすい》するほど怯えているのだ。

おのれにかけられた呪詛《じゅそ》を。

その呪詛により、彼にまとわりつくようになった魔物の存在を——。

彼が自分にかけられた呪詛のことを知ったのは、ある時かかってきた一本の電話によってだった。調べたら、公衆電話からかかってきたものであったが、無機質な声が告げたのは、次のような脅し文句である。


これより、裏切り者への制裁を開始する。

闇《やみ》の力がお前を滅ぼす。

秘密を守れない不届き者は、地獄の業火で焼かれるがいい。


機械的な声で読み上げられていく言葉に対し、彼はその場で硬直した。

身体《からだ》じゅうの血が沸騰し、震えが走った。

心底恐ろしいと思ったのだ。

このままではまずいと思い、慌てて笑い飛ばそうとしたが、失敗した。笑いが舌の上で凍りつき、引きつった笑みにしかならなかったのだ。

どうやら、呪《のろ》いはすでに発動されてしまったらしい。

そう思うしか、なかった。

ふつうの人が聞いたら笑ってしまうような理論だが、こればかりは、呪詛を受けた当事者にしかわからない。

ある日、起きたら、恐怖に囚《とら》われたおのれを自覚する。

医者なら、神経症か鬱《うつ》を発症したと診断するだろう。

だが、仮にそうだったとしても、発症の原因が不確かである限り、この恐怖心の源が絶対に呪詛によるものでないとは、医者にだって断言できないのだ。

（俺は、呪われたんだ……）

そう自覚してすぐ、彼は、自分のまわりに奇妙なものがいるのに気づいた。

目の端をよぎる影。

見えないなにかが、彼のそばにまとわりついている。

（魔物だ――）

マーカスは、すぐにわかった。

宣言どおり、「PPS」の高位位階保持者が儀式で呼び出し、彼に向けて放った見えない刺客が、彼を取り殺そうとしている。

そんな恐怖で気が変になりそうになっていたある日。

乗り込んだエレベーターに、手形がついているのを見た。乗る前までは絶対になかったはずの手形が、降りる時にはついていたのだ。

小さい子供の手形である。

（あるいは、魔物の手形か――？）

魔物の手形など見たことのないマーカスには、そのどちらであるかは判断がつかない。

だが、そんなことはどうでもよく、問題は、なかったはずの手形が、いつの間にか出現したことにこそある。

ただ、残念ながら、誰に話しても、「気のせいだよ」というありきたりな言葉しか返ってこなかった。

（わかっていないんだ！）

彼は、もどかしい思いで考えた。

闇の力というのが、どれほど恐ろしいものかを――。

（みんな、まったくわかっていない！）

もっとも、太平楽に生きている人間には、一生縁のない世界である。それゆえ、わかってもらえないのもしかたない。

事実、彼自身、こうなるまでは、そこまでの危機感を持っていなかったくらいだ。

でも、今は違う。

まざまざとその力を感じている。

どうして暴露記事など書いてしまったのか。

こうなることは頭のどこかでわかっていたはずなのに、なぜ、あの時、自分を抑えられなかったのか。

(悔しかったんだ……)

マーカスは、通りを渡りながら思う。

パリにいる、まだ会ったことのない相手に勝負で負けたことが、許せなかった。

犯罪まがいのことに手を出してまで頑張ったのに、そんな彼の努力などいっさい認めてくれず、組織はルイ＝フィリップ・アルミュールを選んだ。

それで、頭に血がのぼったのだ。

彼は、彼の献身をふいにした相手を貶《おとし》めたかった。なんとしても、目にもの見せてやりたくなり、暴露記事を書くという手段に訴え出た。

だが、それは大きな間違いだった。

今ならわかる。

（この世には、決して侵してはいけない世界というのが存在するんだ――）

と、その時。

角を曲がってきた車が、なにかにハンドルを取られたかのように、軽く横滑りしてそのまま彼のほうに向かってきた。

パッパア、と。

高らかに鳴らされるクラクション。

急ブレーキの音が、それに続く。

マーカスは、あわや轢《ひ》き殺《ころ》されそうになったが、辛うじて避《よ》けることができた。

そんな彼に対し、車の中から罵声《ばせい》が浴びせられる。

彼はなにも悪くないというのに、だ。

もっとも、マーカスの耳には、その声が届かない。彼の恐怖は、それとはまったく違うところにあったからだ。

今の彼にとって、こんなささいな偶然も、ただの偶然ではなくなっている。偶然ではなく、そこにはなんらかの意思が働き、彼を事故に巻き込もうとした。

（こんなことになるなんて……）

マーカスは、途方に暮れて思う。

こんなつもりではなかったのに、これから、どうすればいいのか。

殺されるまで、一生、闇の力に怯えて生きていくしかないのだろうか？

（ああ、どうしたら……）

恐怖心が最高潮に達したマーカスの脳裏に、その時、ふとよぎった顔がある。

（あ、そうか、彼なら）

そこに、一筋の光が射《さ》し込《こ》んだように、彼の表情が少しだけ明るくなった。

（そうだ、彼なら、きっと……）

その人物であれば、対抗魔術なども十分に心得ていて、マーカスが陥っている状況を反転させることができるかもしれない。

（――よし、決めたぞ）

藁《わら》にもすがる思いで考えたマーカスは、ターゲットとなる人物をつかまえるためにまずなにをすればいいかを慎重に計算し、やがてその場で踵《きびす》を返すと、急遽《きゅうきょ》、駅へ向かいロンドン行きの列車に飛び乗った。

2

穏やかな天気となったその日。

ロンドン大学の近くにあるカフェテリアでは、昼食の時間帯に、アーサー・オニールを中心とする華やかな一団が、授業の合間のひとときを楽しんでいた。

「あ、映画、見ましたよ、オニール」

エドモンド・オスカーの言葉に、「私も」とエリザベス・グリーンが続く。

「でも、なんか、同じ人間がここにいるとは思えない」

「それ、どういう意味だ？」

テンポのいいオニールの切り返しに、その場で笑いが起きる。

「だけど、そう考えたら、ここはおごりでいいのでは？」

エリザベスが言うと、ユマ・コーエンがそれに乗っかる。

「そうよね。クリスマス休暇中に、たんまりと稼いだんだろうし」

「バカ言うな。ほとんどは劇団の儲《もう》けで、僕の取り分なんて微々たるものなんだ」

「またまた～」

「そういえば、ＣＭの出演料も入ったんでしょう？」

「……ああ、まあ」

「なんだ。それなら、やっぱりおごりで決まりですね」

セルフサービスの店だから、すでに会計は終わっているので、あくまでも冗談に過ぎず、誰も本気でオニールにたかろうなどとは思っていない。

むしろ、こうやってからかうことで、若干、オニールの自尊心をくすぐっているだけである。

メンバーは毎回ほぼ決まっていて、オニールとユウリ以外では、オニールの従兄妹で若手実力派女優のユマ・コーエンと、金髪にエメラルドグリーンの瞳を持つ絶世の美女であるエリザベス・グリーン、それと黒褐色の瞳に黒褐色の髪をした、この中にあっては比較的ふつうといえるエドモンド・オスカーの五人で、オスカーを除く四人は皆同じ学年に属している。

つまり、今年で大学を卒業し、それぞれ、別の道へと踏み出していく。

唯一、年齢が一つ下のオスカーは、ユウリとオニールのパブリックスクール時代の後輩で、ユウリとの付き合いが深いことから、いつしか仲間に加わった。その際、若干オニールとの間に衝突はあったが、それも込みでの仲よしグループといっていいだろう。

そうして、入学当初から二年間くらいは、気の合う仲間同士、ほぼ毎日一緒に食事をしていたのだが、学年があがるにつれ、新しくできた友人との付き合いや専門的な勉強に時間を取られるようになり、最近では全員が顔を揃《そろ》えるのは、週に一度か、せいぜい二度くらいになっている。

同時に、彼らの誰もが「社会」という広い世界を、確実に現実のものとして意識するようになっていた。

それは、のんびり屋のユウリですら、そうだ。

パブリックスクール時代は、そこにある世界がすべてであり、限られた中での友人関係のいざこざや、日々起きる出来事に一喜一憂していれば、それでよかった。

逆にいうと、嫌いなものや望まないものは、最悪、シャットアウトすることができてしまう。

なんとも簡単で単純な世界だ。

大学に入ってからも、そんな世界観を引きずっていられる間は、身のまわりのことにしか目がいかないものだが、生活をしているうちに、しだいに世間の広さというのを身近に感じるようになり、いつしか自分たちだけで完結できる世界からは追い出されていることに気づくのだ。

それはまさに、エデンの園を追われたアダムとイブの心境といえよう。

とはいえ、そうなった時に、昔の仲間がどうでもよくなるかといえば、そんなことはなく、逆に世間の荒波を意識すればするほど、屈託なく話せる仲間というのが、より大事なものになってくる。

だからだろうが、いつにも増して若干浮かれ気味である友人たちを、ユウリはもの静かに眺めながら、彼自身もこの時間を満喫していた。

（やっぱりいいな、こういうの）

よけいなことはなに一つ考えずにいられる仲間たち。

しかも、この時間があと半年くらいで終わるのだと思うと、なおいっそう愛《いと》おしく思えるユウリであった。

だが、楽しい時間というのは、そう長くは続かない。

「さて、そろそろ、私、行くわね」

勉強が大変そうなエリザベスが席を立つと、「あ、それなら、俺も一緒に行きます」と言って、オスカーがあとを追うように離れていく。なんでも、午後の授業までに、学部の図書館で確認しておきたい判例があるのだという。

二人の姿を見送った三人が、ややあって話し合う。

「どうでもいいが、なんで、あの二人は付き合わないんだ？」

オニールの疑問に対し、ユウリが「たしかに」と応じる。

「さすがに、そろそろ付き合ってもよさそうなのに」

すると、残りのコーヒーを飲み干したユマが席を立ちながら教えた。

「たぶん、今はリズがそれどころじゃないのよ」

「リズ」というのはエリザベスの愛称で、女の子同士、それなりに「恋バナ」にも花が咲くことがあるのだろう。

ユウリが訊《き》き返《かえ》す。

「そうなんだ?」

「そう」

そこで人差し指をあげ、それを振りながら続けた。

「ロースクールを甘く見ないことね」

「ああ、なるほど」

「そういうことか」

「そうよ。色恋沙汰《ざた》なんて二の次なんだから」

それに比べると、彼らが所属する芸術系の学部は比較的のんびりしているので、ユウリとオニールが同情的な表情になって視線をかわす。

「大変そうだな」

「そうだね」

他人事《ひとごと》のように感想を述べたオニールを見て、ユマが腕時計を指さしながら「あら、そんなのんきなことを言って」と忠告する。

「アーサー、貴方《あなた》だって、そうそう時間はないはずよ」

「――え？」

「ほら、次の舞台の衣裳《いしょう》合わせ」

「あ！」

そこで自分のスマートフォンをひっくり返して時間を確認したオニールが、立ちあがりながら画面をスライドさせてメールを開いた。

「本当だ。マズい。マネージャーからメールが入っていた」

そこで、慌てて空のお皿がのったトレイを持ち上げようとするのを、座ったままのユウリが止める。

「片づけておくから、二人とも行って」

「マジ？」

「マジ」

ふだんは使わない俗語《スラング》を反復して答えたユウリに、ユマが言う。

「ごめん、ありがとう、ユウリ」

「いいから、早く」

「わかった。――また明日」

「またね、ユウリ」

バタバタと立ち去っていく二大スターを見送ったユウリは、一人になったところで頬杖《ほおづえ》をつき、窓の外を見ながら感慨深く思う。

(……そうか。なんだかんだ、みんなの未来は、もう着実に動き始めているんだなあ)

パブリックスクール時代から俳優業に邁進《まいしん》しているオニールやユマはもとより、一つ年下のオスカーまでもが、同じ弁護士を目指す人間としてエリザベスをお手本にしつつ、自分も着々と準備を進めているようである。

それに比べ、特になにを考えているわけでもないユウリは、いったい自分は、この先どうしたいんだろうかと、珍しく真剣に悩む。

恵まれた環境に生まれ育ったおかげで、あくせくせずに生きてこられたうえに、小さい頃から身のまわりで起きる出来事に対処する形で過ごすことが多かったユウリは、これまで自分の人生をみずからの手で切り開くということに対し無頓着《むとんちゃく》でいられた。

だから、急にしっかり未来を見すえろと言われても、正直、どうしたらいいのかわからない。しかも、その感覚は容易におのれの存在感の希薄さを思い起こさせ、ユウリをとても不安定にした。

どこへ向かうのか――。

という以前に、自分はどこにいるのか。

此方《こなた》か。

彼方《かなた》か。

とはいえ、こんなことを日本にいる霊能者の従兄弟《いとこ》に言えば、くだらないことで悩んでいる暇があったら、そのへんの浮遊霊の一つでも成仏させてこい――ということになるのだろう。

それが、ユウリの本分である、と。

だが、だとしたら――。

(やっぱり、卒業後は日本に渡って、その手の仕事をするのがいいのだろうか?)

日本にならその土壌があるし、従兄弟は諸手《もろて》をあげて歓迎してくれるはずだ。

ただ、それはそれで問題がいくつかあり、今までのようにシモンと頻繁に会えなくなるというのが、その最たるものであった。

もちろん、社会人になるというのはそういうことなのだろうが、ユウリとしては、できればもう少し近くでシモンの人生に関《かか》わっていたい。少なくとも、自分に選択権がある限り、その可能性をみずから放棄したくはなかった。

(う～ん)

悩ましく思いながら、ユウリが三人分のトレイを重ねて席を立とうとすると――。

「なあ」

近くで声がするのと同時に、誰かに腕をつかまれる。

驚いたユウリが顔をあげると、そこに、茶色の瞳を光らせたマーカス・フィッシャーが立っていた。

ただ、すぐにそうと認識するには、彼はあまりにもやつれ果てていて、ユウリは一瞬彼が誰だかわからなかった。なんといっても、ユウリが知っているマーカスは、もう少し頬などがふっくらしていて、なによりずっと血色がよかったからだ。

それが、今の彼にはいっさいない。ほぼ「生ける屍《しかばね》」といえそうである。いったい、彼になにがあったのか。

「——マーカス・フィッシャー？」

ようやく名前を告げたユウリの脳裏に、先日、ナアーマ・ベイから聞いた話が、まざまざと蘇《よみがえ》る。


マーカスは呪詛されたって話だよ。


（……なるほど）

目の前にいるマーカスの顔を見て納得したあと、ユウリはなぜか、視線を少し下にずらし、なにもない空間を見つめながら煙《けぶ》るような漆黒の瞳を悩ましげに翳《かげ》らせた。

（そうか。そういう……）

なにごとか思いながら、唇を嚙《か》む。

その瞳が捉《とら》えているモノ――。

そんなユウリをじれったそうに眺めていたマーカスが、ユウリの腕をつかんでいる手にグッと力を込めて絞り出すように言った。

「――なあ、頼む。俺を助けてくれないか？」

唐突ではあったが、なんとなく予期できた言葉を聞き、ユウリはふたたびマーカスの顔と彼の足下の双方に視線をやって考え込む。

（これは、どういうことなんだろう……）

必死でユウリに助けを求める声。

もちろん、この時点でユウリには断るという選択肢もあった。

ユウリは知らずにいるが、図らずも、少し前に遠く離れたパリでは、シモンが、人を替えてこれとほぼ同じような体験をし、けんもほろろに断っている。しかも、その際は、話を聞いてやるという手間すら省く徹底ぶりだった。

その点、シモンは揺らがない。

そして、もしシモンがこの場にいたら、ユウリにも同じことをさせようとしただろう。

だが、シモンがいない状況でユウリに彼と同じことができるかといえば、もちろん、できない。

それがユウリであり、彼という人間の本質をなしている。

困っている人がいたら、たとえそれがかつての敵であっても、放ってはおけない。

しかも、そこに本当に救うべきものがあれば、なおさらだ。

もっとも、こうやって考えている間に、シモンやアンリの顔が浮かばなかったわけではない。浮かんだからこそ、こういう場合のユウリにしては珍しく、返答するまでにかなり時間を要した。

だが、やはりユウリはユウリであり、悩んだ末に顔をあげると、まずは静かにマーカスをうながす。

「とりあえず、座ろうか、フィッシャー」

3

いかにも訳ありといった様子の男が二人。

しかも、一人はゾンビドラマから飛び出してきたのではないかというくらい、頬がこけてやつれ果てた顔をしている。

そんな状況でまわりから奇異な目を向けられるのを極力避けるため、ユウリはマーカスを座らせたあと、落ち着かせるように告げた。

「なにか飲み物を買ってくる。――君はなにがいい？」

「なんでも」

貧乏ゆすりをしながら短く答えたマーカスは、そうやって座っている時でもまわりを気にしてキョロキョロしている。

どうやら、本当にまずい状況にあるらしい。

溜《た》め息《いき》をついたユウリは、ひとまず食べ終わったあとのトレイを片づけ、新たにココアを二つ買ってマーカスの元に戻った。

湯気の立つ紙コップの一つを差し出すと、その一瞬だけ、我に返ったように落ち着いた表情になったマーカスが、受け取りながら礼を述べる。

「――ありがとう《サンクス》」

「どういたしまして」

それからしばらく、二人は黙って温かいココアを飲んだ。店内のざわめきが、心地よいBGMとなって流れていく。

やがて、頃合《ころあ》いを見計らって、ユウリは切りだした。

「呪詛の件、ベイから少し聞いたよ。――たしか、小さい子供が関係しているのだとかって」

ハッとしたように顔をあげたマーカスが、身を乗り出して主張する。

「それなら、俺が呪われたってわかるのか？」

「……さあ」

そこは慎重に、ユウリは応じる。

実際、誰に忠告されるまでもなく、ユウリ自身が、この件では、かつてないほど慎重になる必要があると感じていた。

「君が呪われているかどうかはともかくとして、とても具合が悪そうだということだけはわかるよ」

「だから、それは呪詛されたからだ」

「そうなんだ？」

ユウリは、否定するでもなくやんわりと受けて、訊いた。

「見たというのは、子供の手形だっけ？」

「ああ。子供か魔物だ」

「それなら、実際に子供の姿は見ていない？」

重ねて尋ねるユウリに、マーカスは首を振って応じる。

「影のようなものしか――。でも、絶対になにかいる！」

そこだけは譲れないというように主張したマーカスを静かに見返して、ユウリはさらに尋ねる。

「それって、フィッシャー、君のほうに心当たりはないのかな？」

「心当たり？」

「そう。――たとえば、子供を使った儀式とか、なにか子供に関係したことに関わったりしていない？」

「そんなの、わかるか！　呪詛したのは俺じゃないんだ」

頭を抱えるようにして否定したマーカスが、「とにかく」と再度主張する。

「俺は呪われている。それだけは信じてくれ！」

「――わかったよ」

溜め息とともに認めたユウリが、「それで」とかんじんな用件について尋ねる。

「君が呪詛を受けているとして、僕に、どうしてほしいと？」

問題は、そこである。

呪詛に苦しむ彼が、なぜ、こともあろうにユウリを頼ってきたのか。

そこに、誰かの思惑でも絡んでいるのだろうか——？

すると、茶色の瞳を向けたマーカスが、この期に及んで拍子抜けするようなことを告げた。

「悪いが、あんたに直接どうこうしてほしいというわけではないんだ」

「え？」

意外だったユウリが、「だったら」と問う。

「なぜ、僕のところに？」

「それは、あんたが、コリン・アシュレイと親しいからだよ」

「アシュレイ⁉」

尋ね返す声がわずかにあがったのも、無理はない。

その瞬間、ユウリは心底驚いたのだ。——と同時に、それまでとはまったく違った警戒心がムクムクと頭をもたげる。

まさか、マーカスの暴露記事やそれに続く呪詛の件に、アシュレイが関わっているというのだろうか。

それは、ユウリにしてみると、とてもありえないことのように思えるのだが、かといって、アシュレイがこの件と無関係であるとも言い切れない。とどのつまりが、アシュレイのやることなすことすべてが予測不能で、なんとも判断がつきにくい中、一つだけたしかなことがあるとしたら、それは、アシュレイが関わることで、事態はまったく違う様相を帯びてくるということだった。

ユウリが、おそるおそる尋ねる。

「なぜ、アシュレイ？」

「それは、もちろん、あの男なら、俺が受けた呪詛に対して有効な対抗魔術を知っていると思うからだ」

「対、抗魔術――？」

一瞬混乱したユウリは、変なところで単語を区切って発音してしまう。投げ出された言葉の意味が、すぐにはわからなかったからだ。

だが、よくよく吟味すれば、説明を受けなくても、なんとなくその意味は伝わった。

要するに、呪詛に対し、同じように呪詛を返して相殺しようというのだろう。

その発想はわからなくもないし、もしかしたら有効なのかもしれないが、ユウリとしてはなんとも想定外のことだった。

呪詛を取り除くのに、呪詛を使う。

毒をもって毒を制す。

まさに「蛇《じゃ》の道は蛇《へび》」であり、このようなトラブルに見舞われる人間は、解決の仕方も独特であるらしい。

「なるほど。それで、アシュレイか」

「ああ」

うなずいたマーカスが、「あんたは」と確認する。

「彼と連絡を取り合っているんだろう?」

「いや、それは——」

ユウリは、曖昧《あいまい》に応じて考え込む。

話題にのぼっているコリン・アシュレイというのは、ユウリのパブリックスクール時代の先輩で、在校当時から世に「稀覯本《きこうぼん》」と呼ばれる魔術書などを部屋に置き、「魔術師」の異名を取るほどオカルトに対する造詣《ぞうけい》が深かった。

つまり、この手の問題を尋ねる相手としては、マーカスの言うとおり、なんともうってつけの人物であるにはあるのだが、それ以前のこととして、性格に難があり、連絡を取るだけでも一苦労なのだ。

ややあって、ユウリが答える。

「たしかに、連絡先は知っているけど、連絡したところで、応えてもらえるとは限らない」

「それでも、連絡は取れるんだな？」

「うん、まあ」

「だったら、頼むから彼に連絡してくれ」

マーカスが、すがるような瞳を向けて続ける。

「それで、俺が本気で助けを求めていると――」

ユウリは、当然悩む。

正直、現状では、連絡をしたところで応えてもらえる可能性は、限りなくゼロに近い。

なぜなら、ユウリの目から見ても、この件では、アシュレイの食指を動かせるだけの材料がまったくといっていいほど揃っていないからだ。

アシュレイは、たしかに酔狂な性格をしているが、酔狂には酔狂なりの美学がある。

そして、一連の騒動には、今のところ、その美学が決定的に欠けていた。

だが、それでも、マーカスを納得させるために、ユウリはアシュレイにメールをすることにした。電話にしなかったのは、具体的なやり取りを可視化しないと、マーカスは納得してくれないと考えたからだ。

とはいえ、ユウリといえども、アシュレイに対しては、メール一つ打つのだってかなり神経を使う。長くても怒られるし、短すぎても「意味がわからん」と突き放されるのがオチだからだ。

（とにかく――）

ユウリは、アシュレイから預かっているスマートフォンのメール画面を開きながら、端的に要点を伝えることに集中する。

そうして苦心して打ち終わったのが、以下の文章だ。

マーカス・フィッシャーが、組織に関する暴露記事を公開し、そのために組織から呪詛をかけられ、助けを求めています。至急連絡を請う。

三度以上読み返し、過不足がなさそうなことを確認したユウリが、ボタンを押してメールを送信した。

せめて返信があればいいが、言ったように、無視される可能性はかなり大きい。

だが、待つこと一分。

幸いにも、返信が来た。

このスマートフォンは、連絡用にアシュレイがなかば強制的にユウリに持たせているものであるため、こうして返信が来れば、それはすなわちアシュレイからの返信で、それ以外の人から来ることはありえない。

そこで、まずは連絡が取れたことにホッとしたユウリがメールを開くと、そこには惨憺《さんたん》たる結果が待っていた。

曰《いわ》く。

お前はバカか？

その一言だけが記されたメールを読んで、「だよなあ」と呟《つぶや》いたユウリに対し、マーカスが身を乗り出して確認する。

「返信が来たのか？」

「……うん、まあ」

「それで、あの男はどうするって？」

「それは、えっと、残念ながら、どうもしないみたい」

言いながら、ユウリは、二人のやり取りがわかるようメール画面を見せた。

目を通したマーカスの表情が凍りつく。

「――なんで！」

絶望的な口調になって、彼は続ける。

「なんで、あいつは助けてくれないんだ。俺がこんなに困っているのに――」

マーカスが助けてもらえない理由をあげたらきりがないが、その中でもいちばんにいえることとしては、やはり「自業自得」というのが当たっているだろう。

ただ、優しいユウリは口にせず、労《いた》わりの目でマーカスを捉える。

それでなくとも、ココアを飲んでからは正常さを取り戻していたマーカスの様子は、このメールを読んでからというもの、すっかり落ち着きのないものに戻ってしまい、両手を口に当ててゆらゆらと前後に身体を揺らしている。

だが、なす術《すべ》がないのはユウリも同じで、正直、どうしたらいいのかわからない。

もちろん、このまま放り出してもいいのだが、ユウリには、そうしたくない理由が明らかに存在していた。

(本当に、どうしたらいいんだろう……)

わからないまま、ユウリはマーカスに声をかける。

「あのさ」

返事はなかったが、マーカスが虚《うつ》ろな瞳をあげてこっちを見たので、そのまま話を続けた。

「考えたんだけど、同じ組織に所属する人に頼んで、その呪詛をかけた人との間を取りもってもらうというのは、どうかな?」

「取りもってもらう?」

「そう。心の底から反省して謝りたいと訴えれば、相手だって、呪詛を取り消してくれるかもしれない」

だが、マーカスは暗い表情で否定した。

「——悪いが、そんな甘い組織ではないよ」

それがわかっているなら、そもそも、なぜ怒らせるような真似《まね》をしたのかということであったが、そんな話をここでしたところで水掛け論にしかならないので、ユウリは建設的な意見を述べる。

「でも、このまま、なにもせずにいるよりかは、ずっとよくない？」

ユウリは説得を続け、誰か連絡できる人はいないのかと根気よく尋ねた。

「それこそ、ナアーマ・ベイとか、他にもなんだっけ」

考えながら額に指を当て、やがて思いついた名前をあげる。

「ああ、ほら、アルミュールとかいう名前のフランス人の人とか」

「ルイ＝フィリップ・アルミュールか——」

その名前に反応したマーカスが、複雑そうな表情を浮かべて言った。

「あいつには一度連絡をしてみたけど、あの暴露記事を書いて以来、着信が拒否されるようになってしまったんだ」

「そうか。……それは」

残念だなという言葉を呑《の》み込《こ》み、ユウリはふたたび考え込む。

その脳裏に浮かんでいたのは、以前、シモンがルイ＝フィリップから連絡を受けたという事実だった。

おそらくシモンのことだから、彼の連絡先をどこかに保存してあるはずだ。

顔をあげたユウリが、相手を励ますように告げる。

「でも、もしかしたら、別のルートでその人と連絡が取れるかもしれない」

「別のルート？」

意外そうに繰り返したマーカスから、マーカスの足下に視線を泳がせたユウリが、そっちに視線をすえたまま、自分自身を励ますように断言した。

「とにかく、僕にできることはなんでもやってみるから、まだ諦《あきら》めないで――」

4

同じ頃。

海を越えたパリでは、午前中の授業を終えたシモンが、最寄りのカフェでランチを取っているところだった。

今日は、比較的穏やかな気候で、街中の人出も若干多いようだ。

シモンも、久しぶりに軒先に張り出されたテラス席に陣取っている。

学業のかたわら、実家の事業の手伝いをこなすシモンにとって、昼食の時間はわずかな休息のひとときであり、それをこよなく愛していた。

宿題や予習がない限り、彼方にいる友人とのメールでのやり取りや、ずっと気になっていた本を読むなど、この時間だけはすべてを忘れて好きなことに没頭し、そのことで自分をリフレッシュさせているのである。

パリの街の匂《にお》いをかぐのも、そんなリフレッシュに一役買っている。

だが、せっかくのひとときも、ここ数日は中途半端なものにしかなっていない。

なぜといって、あれ以来、ルイ＝フィリップがスッポンのようにシモンのそばにまとわりついて離れないからだ。

（完全にストーカーと化しているな……）

今も、二つほど置いたテーブルに座って、時おりこちらに視線を投げかけてくる相手を無視しつつ、シモンは本を読みながら食事を終える。

あまりしつこいようなら、今後、それなりに対処を考える必要も出てくるが、今のところ暴力沙汰のようなことに発展する気配はないため、シモンは少し様子をみることにしていた。

なんといっても、相手の望みはわかっている。

（……いっそ、話を聞いてしまったほうがすっきりするかもしれないな）

それは向こうの思《おも》う壺《つぼ》であり、しつこさに屈するようであまり気は進まないが、このままの状態でいるくらいなら、そのほうがいいかもしれないという甘い考えがチラッと頭によぎったシモンの前に、前触れもなくストンと腰をおろした人物がいた。

同時に降ってきた明るい声。

「どうも～、シモン」

言わずとも知れた、「ナタリー、再来《ルトゥール》」である。

げんなりしたシモンが本を置き、澄んだ水色の瞳を細めて文句を言う。

「だから、ナタリー。毎回、僕の前に座る必要があるのかい？」

「そうね。お腹《なか》が空《す》いている時は、特に」

そう言って、この前と同じくギャルソンを呼んだ彼女は、注文を終えたところでルイ＝フィリップのほうを顎《あご》で示して言う。

「それより、あそこの彼、貴方のストーカーになったわけ？」

「そのようだね」

「かわいそうに」

「どっちが？」

「あっちよ」

そうではないかと思ったが、堂々とストーカーの肩を持つ相手を冷たく見返したシモンに対し、ナタリーがおもしろそうに続けた。

「当たり前じゃない。話くらい聞いてあげればいいのに」

「冗談じゃない」

つい今しがた、その考えが浮かんでいたにもかかわらず、シモンは断固として言い張った。ナタリーに主張されただけで、シモンの中では白も簡単に黒になる。もちろん、逆を行くという意味で、だ。

「なんで、聞いてあげないの？」

「そんなの、聞いたが最後、とても面倒なことになるのはわかっているからね」

「あら、聞いてみないうちからわかるわけ？」

「うん、わかるんだよ《ウィ　ジュ　スイ　スュール》」

短く応じたシモンが、「だいたい」と付け足す。

「君、彼のことを知りもしないくせに」

「ん〜、そうでもないかも」

その答えは少々意外で、眉《まゆ》をあげたシモンが訊き返した。

「え、君、彼のことを知っているんだ？」

「直接は知らない。――でも、噂《うわさ》なら聞いたわよ」

「なんの？」

だが、答えを聞く前に、ギャルソンが食事を運んできたため、ナタリーは目で支払いを催促した。

当然、情報の対価としての催促だ。

しかたなく、今回も会計をすませたシモンが、改めて訊く。

「それで、彼のどんな噂を聞いたって？」

「それが、彼、『PPS』っていう割と歴史ある魔術系秘密結社の一員だということが判明したんだけど、その『PPS』が、最近、リヨンで正式な黒魔術の儀式を行った可能性があるそうで、彼は、唯一、その儀式に参加したんじゃないかと言われているの」

「……黒魔術の儀式？」

「ええ。組織に関わりのある人たちは『高等魔術』と言っているけど、ぶっちゃけ『黒魔術』よね。でも、なんにせよ、久々に本格的な黒魔術の儀式が敢行されたって、その筋ではけっこう噂になっているのよ」

どの筋かは訊くのも恐ろしかったが、親戚《しんせき》として無視できないものがあって、いちおう尋ねる。

「まさかと思うけど、ナタリー、君までその儀式に参加したとか言わないだろうね？」

というのも、ナタリーは、スイスにある寄宿学校時代に伝統的な魔女サークルに所属していたうえ、そこで会長の座にまでのぼりつめていたからだ。

「安心して。今回は本当に関係ないから」

あっさり否定したナタリーが、「それに」と教える。

「その儀式は秘中の秘だったそうで、参加できた人間はほとんどいないって話よ」

「秘中の秘？」

そこに引っかかりを覚えたシモンが、訊き返す。

「でも、噂にはなったんだろう？」

それは、明らかに矛盾する話であったが、ナタリーは「まあね」と受けてから種明かしをしてくれる。

「実をいえば、アルミュールと同じ組織に所属している男が、私の昔の魔女仲間と付き合っていて、そこから話が広がったのよ。――ほら、みんな、内緒話って大好きでしょう?」

つまり、「秘中の秘」ほど広まりやすいと言いたいらしい。

それ以上追及する気のなくなったシモンが、考え込む。

「なるほど。アルミュールが黒魔術の儀式に参加した――ね」

「――ああ、そう」

となれば、彼の相談事というのも、おのずと知れてくる。

その儀式で、なにか想定外のことが起きたのだろう。

問題は、そこに、マーカスが暴露記事を書いたことや、ナアーマ・ベイがユウリに接触してきたことが、どう関係してくるかであった。

ここは自由と平等を愛するフランスであり、誰がなにをしようと勝手である。

ただ――。

(なにをやるにしても、余所《よそ》でやってくれないものか)

悩ましげなシモンであったが、そのタイミングでテーブルの上に置いてあるスマートフォンがメールの着信音を響かせたので、反射的に手に取る。

無意識の流れで送信者を確認したところで、シモンの表情が和らぎ、すぐに画面を開こうとするが、その際、目の前でチーズハムサンドをほおばるナタリーがこっちを見ているのに気づいて、先に尋ねた。

「それはそうと、ナタリー、君、ここで、それを完食する気かい？」

「そうよ」

当然のごとく言い切り、開き直って訊き返す。

「悪い？」

「……いや、まあ、いいけど」

すでに食事を終えていたシモンは、自分に残された時間があと十分程度であることを見越し、今日はそれ以上文句を言うのをやめにした。文句ばかり言っていても疲れるし、正直なところ、ルイ＝フィリップの鬱陶《うっとう》しさに比べたら、ナタリーの存在など吹けば飛ぶほどの軽やかさだからだ。

そこで、画面を開いたシモンの目に、ユウリから届いた短いメッセージが飛び込んでくる。


相談があるので、都合のいい時に連絡をくれる？


「……へえ、なんだろう」

その瞬間、海を越えたロンドンにいる友人のすっきりと清らかな姿を思い浮かべたシモンは、念のため、腕時計で時間を確認してから電話する。

ユウリの基本的な予定は把握していて、用事が入っていない限り、この時間は昼食が長引くか、でなければ図書館などで時間を潰《つぶ》していているはずである。それに加えてこんなメールをよこしたということは、現在、ユウリは電話のできる場所にいるはずだ。

案の定、ユウリはすぐに電話に出る。

『シモン？』

「やあ、ユウリ」

『ごめんね、忙しい時に』

「構わないよ。それで、相談というのは？」

本来なら、こうして本題に入る前に少し四方山《よもやま》話《ばなし》をするところだが、このあと、もし込み入った話になった場合、時間がないことで慌てるのが嫌だったので、単刀直入に用向きを尋ねることにした。

ユウリのほうでも、それはわかっているようで、「えっと……」とわずかにためらったあと、いきなり核心に触れた。

『突然だけど、シモンって、ルイ＝フィリップ・アルミュールに連絡が取れる？』

「──え？」

本当に突然だったし、あまりに意外かつタイムリーな名前であったため、さすがのシモンも一瞬状況を把握しそこなって絶句する。

「えっと、聞き違いでなければ、ユウリ、君、今、ルイ＝フィリップ・アルミュールって言った？」

『言ったよ』

答えたユウリが、今度は間をおかずに続きを伝えた。

『実は、彼に連絡が取りたくて、わかるようなら、連絡先を教えてほしいんだ』

ユウリの言葉を聞く間、混乱したまま近くにいるルイ＝フィリップのほうへ視線を流したシモンが、声を硬くして応じる。

「たしかに、彼の連絡先ならわかるけど――。それを教える前に、いったい、どういう経緯があって、そんな話になったのかが知りたい」

まさに、青天《せいてん》の霹靂《へきれき》である。

よもや、ユウリのほうから、彼にコンタクトを取りたいなどと言ってくるとは。

しかも、黒魔術の儀式に参加し、そのあとすぐ、なにやらトラブルを抱え込んだらしいルイ＝フィリップと、である。

これは、どう考えたらいいものか。

珍しく判断に迷っているシモンに、ユウリが口早に説明する。

『それは、前にアンリからのメールで伝えたと思うけど、マーカス・フィッシャーが呪詛を受けたという件が、ここに来てちょっと進んで、今、本人が目の前にいるんだ』

「オックスフォードにいるはずのフィッシャーが、わざわざロンドンまで君に会いに来たってこと?」

『そう』

「助けを求めて?」

『まあ、そうだね。——それで、見た感じ、本当に具合が悪そうだし、気の毒に思ったので、もし、同じ組織の仲間だったルイ＝フィリップ・アルミュールと連絡が取れるようなら、彼から呪詛を行った組織の人に、フィッシャーは心の底から反省していて謝罪したいと言っている旨を伝えてもらえないかと思って』

「なるほど」

マーカスへの恨みつらみなど微塵《みじん》も感じさせない、なんともユウリらしい親身な説明を聞いていたシモンが、聞き終わったところで尋ね返す。

「いちおう事情はわかったけど、それを、なんでユウリが僕に言ってくるんだい?」

『なんでって……』

答えに詰まるユウリに、「だって、そうだろう」とシモンが切り込む。

「そんなの、当人同士の問題であって、ユウリが取りもってあげる必要がどこにあるというんだ」

ユウリを相手にしているにしては、かなり辛辣《しんらつ》な口調になったせいか、ナタリーがサンドウィッチをほおばりながら目を見開いた。ついで、水平にした手を上下させて感情を抑えるように無言の圧力をかけてきたため、シモンはわかっていると言わんばかりに顎を動かしてから、「とにかく」と若干口調を和らげる。

「ユウリ、そんなことに関わるのはやめて――」

だが、そんなシモンを、ユウリが『だけど』と言って遮った。

『そういうわけにもいきそうにないから、こうして、シモンに頼んでいるんだ。――とにかく、連絡先さえ教えてもらえたら、こっちでどうにかするから』

「どうにかってね、ユウリ」

そういうことを言いたいのではない。

手を煩わせることに文句が言いたいのではなく、ユウリが関わることに憤りを覚えているのに、それをユウリはわかってくれない。――いや、わかっていて、あえて言っているのだとしたら、これはもうシモンには止めようのない話である。

そもそも、経験上、ユウリがシモンの言葉を遮ってまで反論してくる時は、決まってすでになんらかの覚悟を決めてしまっている場合が多く、そうなると、ユウリは絶対に自分を曲げたりしない。

それはもうユウリ自身のためではなく、そうすべき理由があるからで、たとえシモンが突き放したところで、ユウリは他の方法を使ってでもなんとかしようとするだろう。

　そうなった場合、その先でユウリ一人を危険な目に遭わせるくらいなら、シモンは、たとえそれがどんなに自分にとって理不尽なことであっても、目の届く範囲にいてもらい、ユウリの行動を見守るほうがずっとましだとわかっている。

　そして、どうやら、今回もそれに相当するらしい。

　長い沈黙のあとで、シモンがついに折れる。

「わかったよ、ユウリ」

『よかった。――それなら、連絡先を教えてくれる？』

「いや」

　わかったと言いつつ否定したシモンは、「それより」と提案した。

「いっそのこと、四者会談と行こうじゃないか」

『四者会談？』

「そう」

　短く応じたシモンは、どうせ乗りかかった船であれば、その船がどんなものか把握しておく必要があると考えていた。つまり、話を聞くなら、関係者全員の話を聞くべきだと判断したのだ。

　そこでシモンは、先ほどから相変わらずこちらの様子をチラチラと窺《うかが》っているルイ＝

フィリップに向かって指をパチンと鳴らしてみせてから、そのまま呼び寄せるような仕草をする。

気づいたルイ＝フィリップが、一瞬、キョトンとした表情になり、一度背後を振り返って自分以外に該当する人物がいないことを確認すると、慌てふためいてそばへとやってきた。

そんな彼を前にして、まず電話口で「ちょっと待っていて、ユウリ」と言い置いたシモンが、そのスマートフォンを手で押さえながら告げる。

「取引しよう、アルミュール」

「取引？」

「ああ。どうやら、マーカス・フィッシャーが君と話をしたがっているらしい」

「マーカス・フィッシャー？」

さっぱり訳がわからないでいるルイ＝フィリップが、「だけど、僕は」と言いかけるのを手で制し、シモンは続けた。

「悪いけど、今はなにをするにも時間がない。――そこで、日を改めてということになるけど、もし君がかつての仲間であるフィッシャーの話を聞いてやるというのなら、僕も君の話を聞く」

会話を続ける彼らのそばでは、少し前に横づけされた車から一人の青年がおりてくるところであった。眼鏡をかけた有能そうなその青年は、シモンを迎えにきた秘書であり、足早に近づいてくる彼の姿に気づいたシモンが、指を動かして返事を催促する。

「ほら、アルミュール、どうする?」

「……どうするって」

迷っている間、ルイ＝フィリップは、その場に居合わせたナタリーの顔を意味もなく見ていたが、ややあって「わかった」とうなずいた。

「その取引に乗る」

そこで、シモンは、ふたたびスマートフォンでユウリと話し始める。

「ということで、ユウリ、日にちと場所を決めよう。――申し訳ないけど、週末にならないと時間が取れなくて、土曜日にパリかロンドンでどうだい?」

それに対し、マーカスと相談したらしいユウリが、すぐに電話口に戻って告げた。

『それなら、土曜日にマーカスを連れてパリに行くよ』

ユウリたちがパリを選んだのは、一つには忙しいシモンのためであったが、『PPS』の本部がフランスにあることも関係していた。

いざとなったら、話をしたその足で、本部に出向いて謝罪するつもりである。

逆にいえば、それくらい、マーカスは急《せ》いていた。

「わかった」

応じたシモンが、「それなら」と言いながら、数歩手前で立ち止まった秘書に対して「待て」というように片手をあげる。

「詳細は、あとでメールしておくよ」

『うん。――ありがとう、シモン』

「どういたしまして」

そこで、電話を切り、シモンはルイ＝フィリップとナタリーをその場に残し、颯爽《さっそう》と立ち去った。

5

ところ変わって、フランス某所。

石積みの壁に囲まれた地下室のような場所で、手にしたスマートフォンをおかしなものでも見るように眺めていた男を、近くにいた青年が、古い本棚を漁《あさ》りながらチラチラと興味深そうに見ている。

声をかけていいものかどうか。

迷う様子がみて取れたが、結局、好奇心に負けたように声をかけた。

「なにかおもしろい話でもあったのかい、アシュレイ?」

「——いや」

顔をあげたコリン・アシュレイは、苦笑気味に応じると、それを機に手にしたスマートフォンをコートのポケットにしまう。

長身瘦軀《そうく》。

底光りする青灰色の瞳。

長めの青黒髪を首の後ろで結わえた姿は、全身黒ずくめの服装と相まって、あたかも闇より漂い出てきた悪魔そのものだ。しかも、傲岸不遜《ごうがんふそん》が板についた様子は、ただの悪魔ではなく、まさに魔王の風格といっていい。

それまでの作業に戻りながら、アシュレイが「おもしろいというよりは」と続ける。

「まったくもって理解不能な話だ」

「へえ」

意外そうに受けた相手が、完全に手を止めて言う。

「驚いたな。君にも、理解できないことがあるとはね」

純粋な誉《ほ》め言葉であったが、アシュレイは鼻で笑って応じる。

「それ、本気で言っているのか、ミッチ？」

「え？　――さあ、どうだろう」

少し考えてから、「ミッチ」と呼ばれた青年は、セピア色の瞳を細めて笑った。

「まあ、少なくとも、君にも理解不能なことがあると知って、少しホッとしたよ。これまで僕が相手にしてきたのが、悪魔や魔王の類《たぐ》いではなく、いちおう人間であるらしいとわかったわけだから」

「なるほど」

つまらなそうに応じたアシュレイが、「俺としては」と主張する。

「口を動かす前に、しっかり手を動かせと言いたいがね」

そう言うと、あとは取りつく島もない様子で目の前の本を選別していく。

そんなアシュレイの脇《わき》では、「ミッチ」と呼ばれた青年が、首をすくめて作業の続きに戻った。

二人は、アシュレイが贔屓《ひいき》にしている「ミスター・シンの店」で、店の主から紹介を受けて知り合った。

「ミスター・シン」というのは、知る人ぞ知る、ヨーロッパでは有名な霊能者で、彼の店には世に「いわくつき」と呼ばれる代物が数多く集まるため、オカルトに造詣の深いアシュレイにとっては、食指を動かすものの宝庫といえる。

当然、「ミッチ」と呼ばれた青年も、そんな裏の事情を知っているはずだが、年上の彼のことを、アシュレイはあまり気にかけていない。

今回は、たまたまある目的のために、行動をともにしているだけである。

夏でもひんやりとする地下室は、冬の今、吐く息が白くなるほど寒い。

毛皮のコートを着て革手袋をはめていても、しだいに指先の感覚が失われていく。

しばらくは、それぞれがそうやって寒さに耐えながら黙々と作業を続けていたが、ややあってアシュレイがその手を止め、青灰色の瞳を細めて考え込んだ。

(マーカス・フィッシャーねえ)

先ほどアシュレイが考え込むきっかけとなったのは、ユウリから送られてきた一通のメールで、そこには、彼にしてみればなんとも愚かしいとしか言いようのない内容が書かれていた。――というのも、よりにもよって、ユウリは、マーカス・フィッシャーとアシュレイの橋渡しをしようとしたのだ。

(常々、バカだバカだとは思っていたが、本当にここまでバカだったとは……)

それ以外に感想の持ちようがなく、メールにもしっかりとその旨を書いたつもりだ。

ただ、裏を返せば、それはとてもユウリらしいことで、アシュレイとしては、彼の手の届かないところでいったいなにを始めたのかという憤慨がないわけではない。

(まったく)

言われるまでもなく、アシュレイは、マーカスがなにをしでかしたか知っていて、その情報を得た際は、なんとも彼らしい愚かしさだと一笑に付したものである。しかも、この流れはアシュレイの想定内で、そろそろ蜂《はち》の巣《す》をつついてもいい頃かと考えていた矢先の出来事だったので、これぞまさに「天の配剤」と喜んでいたくらいだ。

おそらくこれに刺激を受け、マーカス・フィッシャーや彼の所属する組織の中では、アシュレイの仕掛けた罠《わな》が作動し始めるだろう。

彼は、それをただ静観していればよかったはずなのだが――。

(本当に、あいつは……)

アシュレイにとっての想定外は、決まってユウリがもたらす。

どうして、いつもそうなのか。

ユウリの場合、それがどんな爆弾かもわからないうちに、拾い上げては右往左往しているのだ。捨てるという選択肢もあるはずだが、おそらくユウリはそうせず、自分の手元で爆発するまで抱え込むつもりだ。

こうなると、あとは、どこでアシュレイが介入するかであったが、少なくとも今でないのはたしかであり、彼は意識を切り替えると、まずは目の前のことに集中する。

そんな彼らのいる場所では、ただ堆積《たいせき》していくだけの静かな時間が流れていた。

第三章　呼び出される悪魔

1

週末。

四者会談が行われたのは、パリの中心部にそびえる白亜のホテルの一室だった。

エントランスホールや各種レストランなどは華麗なるルイ十五世風の装飾品で溢《あふ》れているが、一歩客室空間に踏み込むと、そこは、落ち着きのある色合いで統一され、滞在者が居心地よく過ごせる空間となっていた。

飾られた生け花が、部屋に彩りを添えている。

ユウリとマーカスが着いた時には、すでにルイ＝フィリップとシモンは部屋にいて、シモンは、続き部屋に立って仕事のものらしい電話をしているところだった。ユウリに気づくと、やわらかな微笑《ほほえ》みを浮かべて片手をあげてくれる。

片や、顔を合わせたルイ＝フィリップとマーカスの間には、なんとも微妙な空気が流れていた。それも当然で、事情が事情のうえ、ユウリが驚いたことに、彼ら二人は今日が初対面であるということだ。

それが判明したのは、シモンを抜いて挨拶《あいさつ》をかわした際、「どうも《ボンジュール》」と短く言ったマーカスに対し、「どうも《ボンジュール》」と鸚鵡返《おうむがえ》ししたあと、ルイ＝フィリップが「初めまして《アンシャンテ》」と付け足したからだった。

「──初めまして《アンシャンテ》？」

聞《き》き咎《とが》めたユウリが、両手を開いて二人を示しながら、英語で確認する。

「──え、まさか、二人は今まで会ったことがないとか？」

「ああ、初めて、会うよ」

ルイ＝フィリップがフランス語訛《なま》りのある英語で答え、マーカスもうなずいた。

「言われてみれば、『初めまして《ナイス トゥ ミート ユー》』だな」

「本当に？」

「本当だ。メールや電話では何度かやり取りをしたことがあったから、俺としてはあまりそんな気はしていなかったけど」

「へえ」

そこへ、電話を終えたシモンがやってきて、「申し訳ない」と断ってから話に合流した。

「それで、挨拶はもうすんだ？」

「うん」

「言語は、このまま英語でいいのかな？」

「たぶん」

言いながらルイ＝フィリップを見れば、彼はしかたなさそうにうなずいた。万国共通語であるという認識がある限り、そうせざるをえないと思ったのだろう。もちろん、そこには英語くらいできるというプライドもありそうだ。

「いいみたい」

応じたユウリが、「それでね」と報告する。

「びっくりすることに、二人は今日が初対面なんだって」

「へえ？」

シモンも意外そうに受け、すぐに水色の瞳《ひとみ》を細めて皮肉を言う。

「同じ組織の人間同士は初めましてで、まったく関係ない僕たちが、そのどちらとも顔見知りというのも、すごい話だけど」

しかも、シモンたちは、望んでそうなったわけではない。

「たしかにね」

認めたマーカスが、ひどくバツが悪そうに続ける。

「あんたたちには、悪いことをしたと思っている。特に、そっちのベルジュには、申し訳なかったとしか言いようがないよ」

「そうだね」

あっさり認めたシモンであるが、事実、以前ライフルで撃たれたうえに、地下室に閉じこめられて殺されかけたのだ。その後も、取《と》り憑《つ》かれた状態であったとはいえ、ユウリに包丁を向ける彼と揉《も》み合《あ》いになったこともある。それは、思い出しただけでも、ゾッとする光景だった。

正直、謝ってすむ問題ではない。

残念ながら、撃たれた件では、シモンたちの側に複雑な事情があり過ぎたため、間に立ったオコーナー家の嘆願を受け入れる形で最終的に告訴を取りさげたが、当事者であるシモンとしては、なにがあろうと決して許したくない相手の一人である。

それだというのに、ユウリは、すでに彼とかなり打ち解けている様子だ。

もともと反省の色を見せる相手をいつまでも許せない人間ではなく、また、電話でも言っていたとおり、マーカスが明らかに憔悴《しょうすい》しきっていることに同情したのだろう。

マーカスのほうでも、そんなユウリを頼みとしているようで、それも、シモンにしてみれば、「調子がいいにも程がある」ということになる。

複雑な心境のまま、シモンが言う。

「まあ、過ぎたことはともかく、話を簡単に整理させてもらうと、所属していた組織を、君が怒らせ、その報復として呪《のろ》われた――ということでいいのかな？」

「ああ、そうなんだよ」

恐怖心を露《あらわ》に、マーカスが訴えた。

「それこそ、ここ数日はあまり見なくなっているけど、ちょっと前までは、たしかになにかがいて、俺のことを狙《ねら》っているのがわかったんだ」

「でも、だからといって、それが呪詛《じゅそ》によるものかどうかはわからないはずだけど」

「それは、電話で警告を受けたから」

「電話で？」

繰り返したシモンが、意外そうに確認する。

「――お前を呪詛したって？」

「そう」

「ふうん」

半信半疑のまま、シモンが今度はルイ＝フィリップを見て尋ねた。

「それなら、本当に、組織は彼を呪ったのかい？」

ふつうなら、こんな会話自体ばかげているとしか言いようがないのだが、ことユウリが関《かか》わっている限り、シモンは頭から否定することができず、その前提に立って話を進めるしかない。状況の認識になにか錯誤があるにしても、必ずどこかに見えないものの力が働いているはずだからだ。

ルイ＝フィリップが認める。

「……ああ、そう聞いている」

答えた際、彼の様子は少し変だった。

呪われたのはマーカスであり、ルイ＝フィリップは、この場合、あくまでも傍観者であるはずなのに、なぜか彼も怯《おび》えているように見えたのだ。

シモンが、澄んだ水色の目を軽く細める。

だが、その原因を見定める前に、ルイ＝フィリップの回答を聞いたマーカスが、どこか得意げに思えるくらい大きな声で「ほらみろ！」と言ったので、すっかり気を削《そ》がれてしまう。

マーカスが続ける。

「だから、言ったんだ。俺は、呪われているって」

どうやら、これまで誰に話してもまともに取り合ってもらえなかったことが、ようやく事実であると第三者の言で明らかとなったため、なにを思う以前に、一つ、肩の荷がおりたようである。

「気のせいなんかじゃない。俺はたしかに呪われたんだ」

「そうだね。──わかっているから」

なだめるように応じたユウリが、興奮するマーカスを代弁するようにルイ＝フィリップに向かって「ということで」とお願いする。

「彼、このとおり、とても反省しているし、もし、その機会さえあれば、迷惑をかけた人たちに謝罪する気があるようなので、君のほうから上層部に働きかけて、呪詛を取り消してもらえないかな？」

ルイ＝フィリップが、異なものを見るような目でユウリのことを見た。

「呪詛を取り消す？」

「うん」

「上層部に働きかけて？」

「そう」

「無理だな」

けんもほろろに応じたルイ＝フィリップに向かい、マーカスが食ってかかる。

「なんでだよ⁉」

どんな状況にあっても、短気は短気であるらしい。

「こっちは、反省しているって言ってんだぞ？」

それに対し、ルイ＝フィリップが眉《まゆ》をひそめて言い返した。

「バカバカしい。反省したところで、なんの役に立つ？」

「そりゃ、役には立たないかもしれないが、ふつうは、それで人を許すもんだろう。誰だって、間違いを犯すんだ。間違いを犯さない人間はいない」

その論法でライフルを向けられたらたまったものではないが、シモンはひとまず彼らの言い合いを静観することにした。

ユウリも、然《しか》りだ。

ルイ＝フィリップが主張する。

「言っておくけど、世の中には、取り返しのつかない間違いだってあるんだ。――だいたい、秘密厳守については最初に教えられたはずだし、そうした秘密は守られてこそ意味があるってことも聞いただろう。逆にいえば、一度破られてしまった秘密は、その時点でまったく価値がなくなる。その大前提を、君は犯したんだ。どう考えても、謝ってすむ問題じゃない」

「そうだけど、俺の暴露記事なんて、誰も本気にしやしないさ」

「バカだな」

「バカ？」

「ああ、大バカだよ。何度も言うように、そういう問題じゃないってことくらいわからないのか？」

「どういう意味だよ？」

「君は、組織の存在を危うくしたんだ」

「だから、それは悪かったたって言っているだろう！　そのことで、謝罪くらいさせてくれてもいいじゃないか！」

　これでは、まったくの堂々巡りだ。

　その間、ユウリとシモンは、ソファーに座って二人のやり取りを眺めていたが、シモンがつまらなそうに二人の顔を見比べているのに対し、ユウリの視線は、そのどちらでもない、中間あたりの床にすえられることがほとんどだった。

　そこに、なにを見ているのか――。

　と、ついに堪忍袋の緒が切れたらしいマーカスが、元来の粗暴さでもってバンッとテーブルを叩《たた》き、ルイ＝フィリップに対して挑むように告げた。

「もういい！　あんたじゃ、話にならん！　そもそも、こっちだって、下っ端のあんたに許しを請うつもりはさらさらないわけで、なんでもいいから、すぐに『Cahol《カオル》』に連絡しろ」

　それに対し、シモンがわずかに反応する。

　というのも、彼がこのくだらない言い合いに付き合っているのは、好きにしゃべらせることで新たな事実が判明することを期待してのことだからだ。

そして、実際、情報は得られた。

ルイ＝フィリップが、重々しく繰り返す。

「『Cahol』――か」

その名前はシモンもユウリも初耳で、いったいどんな人物をさすのか、興味が湧《わ》く。

ルイ＝フィリップが、苦々しげに続けた。

「――それこそ、絶対に無理だね」

「なんだと！」

カッとなったマーカスがルイ＝フィリップに摑《つか》みかかろうとしたところで、ついに片手をあげたシモンが間に割って入る。

「そこまでにしてくれないか、フィッシャー」

特に声を荒らげたわけでもないのに、シモンの一言は一瞬でその場を掌握する。

マーカスの動きがピタリと止まり、ホッとするユウリの前で、シモンがまずはマーカスを諫《いさ》めた。

「よけいなお世話だろうけど、その短気を直さないと、君は、今後、何度も同じところでつまずくよ、フィッシャー。僕の件では本当にラッキーだっただけで、本来ならとっくに刑務所に入っているんだよ？」

それから、ルイ＝フィリップのほうを向き、「君の場合」と告げる。

「どうも必要以上に話をややこしくしている感じがするんだけど、君に決定権がないのであれば、くどくど言う前に、フィッシャーの願いどおり、上に話を通してやったらいいだろうに」

シモンにまで言われてしまい、ルイ＝フィリップがつまらなそうに言い返す。

「別に、ややこしくしているつもりはない。――ただ、物理的に無理だから無理と言っているだけで」

「なぜ、無理なんだい？」

訊《き》き返《かえ》したシモンが、「もし、君が」と条件を提示する。

「多少の無理を押してでもフィッシャーのために尽力してくれるのであれば、僕のほうでも、君の話に大いに協力できると思うのだけど」

「へえ」

ルイ＝フィリップが、なんとも残念そうに応じる。

「だとしたら、こちらとしてもなんとかしたいところだけど、本当に無理なんだ」

「だから、それはどうして？」

シモンの問いかけに対し、ルイ＝フィリップが答える前に、マーカスが口をはさんだ。

「お高くとまっているんだよ。自分が晴れて十三番目の椅子《いす》に座れたからって、いい気になっているんだ」

「――十三番目の椅子?」

その言葉に引っかかりを覚えたシモンが、マーカスを振り返って訊き返す。

「そんな椅子があるのかい?」

「ああ、あるよ」

それに対し、小さく舌打ちしたルイ＝フィリップが吐き捨てる。

「ほんと、おしゃべりだな」

たしかに、少々おしゃべりであるようだが、シモンとしては、こうして情報が多く出てくる分には願ったり叶《かな》ったりだ。

「なるほど。つまり、君たちは、その椅子を巡って勝負をさせられるかなにかしたのだろうね。――それでもって、その勝負に負けた腹いせに、フィッシャーが暴露記事を書いたとか?」

その場でとっさに組み立てた推測でしかなかったが、二人の反応から大筋で当たっているようだと見て取ったシモンは、真相を知れば知るほど、本当に子供の喧嘩《けんか》だと呆《あき》れるしかなかった。

「さしずめ、『Cahol』というのは、グループの取りまとめ役かな?」

言い足したシモンが、返事を待たずに「おそらく」とさらなる推測をする。

「その『Cahol』だけが上層部と連絡を取れるか、さもなければ、そこはダブる構造をしていて、彼も上層部の一員ということなのだろう」

あまりに簡潔に組織の内情を説明されてしまったことで、どこか拍子抜けした様子のマーカスとルイ＝フィリップが、一瞬顔を見合わせてから、フンと鼻を鳴らして互いにそっぽを向く。

片や、組織の構造をおおかた把握したシモンが、「まあ」と話を戻した。

「それはそれとして、僕が知りたいのは理由だよ」

「理由？」

訊き返したルイ＝フィリップに、シモンが「そう」とうなずいて尋ねる。

「なぜ、君は、フィッシャーのために、その『Cahol』とやらに連絡することすらできないと言うのか」

「それは……」

ルイ＝フィリップが恐れをなしたように言《い》い淀《よど》み、黄緑色の瞳に哀願するような色を浮かべてしどろもどろに応じた。

「説明し始めると長くなるし、僕のほうの用件とも重なってくる」

「君の用件？」

「そうだよ。――聞いてくれるって言ったよな？」

「ああ、そうだったね」

認めたシモンが、言い添える。

「もちろん、聞くよ。そのために、来てもらったんだ。――ただ、できれば、簡潔にしてくれないか。いい加減、君たちのくだらない言い合いを聞いているのも飽きてきたし、僕たちの時間は無限にあるわけではないのだからね」

「わかった」

くだらないと言われたことには少し腹を立てたようだが、それでも話を聞いてもらえることのほうが重要であるらしく、彼はおとなしく従った。

「聞きたいのは、理由だと言ったな？」

「言ったよ」

「だったら、言わせてもらうと、僕だって連絡くらいしてやりたいさ。ただ、いくら連絡したところで届かないことがわかっている以上、連絡したって無駄だろう」

「――届かない？」

「そうだ」

とたん、マーカスが尋ねた。

「なんで？　――あ、もしかして、あんたも、なにか『Cahol』を怒らせるようなことをしたのか？」

もしそうなら、自分にも、まだ上にあがるチャンスがあるとでも思ったか。

マーカスの声は期待に満ちていたが、そんな希望も一瞬でついえる。

「君と一緒にしないでくれ」

蔑《さげす》むように応じたルイ＝フィリップが、一拍置いて、ことの真相を告げた。

「そうではなく、『Cahol』は消えてしまったからだよ」

「――消えてしまった？」

その、あまりに予想外の返答に対し、全員が一瞬ポカンとする。

ややあって、口々にその意味を追及し始めた。

「消えただと？」

「どういうこと？」

「たしかに、よくわからないな。消えたって、どういうことだい？」

最後に口にされたシモンの質問を捉《とら》え、ルイ＝フィリップが説明する。

「だから、文字どおり、消えたんだよ。僕の前から忽然《こつぜん》と姿を消した」

「どうやって？」

「たしかに、どうやって？」

「それは、パッと」

両手を開いて魔法のように消えた仕草をしてみせたあと、ふいにその時のことを思い出したのか、ルイ＝フィリップは恐ろしげにブルッと身震いしてから、「改めて説明すると」と前置きして、ある異様な事実を告白する。

「『Cahol』は、高等魔術の儀式の最中に、忽然と姿を消したんだ」

2

「儀式の最中に姿を消したって、それは、君が大がかりなトリックに騙《だま》されたということではなく？」

シモンの冷静な突っ込みに対し、ルイ＝フィリップが眉をひそめて言い返した。

「まさか。——僕が、そのへんのマジシャンのやる奇術に騙されたと？」

「そうだね」

それは、決してありえない話ではない。

いや、むしろ、そう考えるのがふつうだ。

だが、ルイ＝フィリップは断固として主張した。

「そんなはずないだろう。そうではなく、彼は、高等魔術の儀式の最中に、決して冒してはならない禁忌を冒して、魔界に連れ去られたんだ」

「魔界に？」

その、あまりに現実味を欠いた主張に、シモンはつい笑ってしまいそうになる。

だが、他の人間はともかく、彼の横にいるユウリが真剣に考え込む姿を見て、表情を引き締めた。

どれほど荒唐無稽《こうとうむけい》に思える話でも、ユウリのまわりでは、その手のことが頻繁に起こりうることを、シモンは経験を通じて知っていて、なめてかかると、思わぬ落とし穴に遭遇するとわかっていたからだ。

ひとまず、シモンが確認する。

「アルミュール。それ、本気で言っている？」

「もちろん、本気だ」

認めたルイ＝フィリップが、真剣な表情で訴えた。

「本気どころか、一緒に儀式に参加していた僕だって、いつ同じ目に遭うかわからずにずっと怯えている。あれ以来、背後になにかが迫っている気がして、おちおち眠ってもいられないんだ」

「それって、君も、やがては魔界に連れ去られる可能性があると？」

「そうだよ！」

怒ったように応じたルイ＝フィリップが、「それで」と主張した。

「ずっと話を聞いてほしいと頼んでいたんじゃないか。——手遅れにならないうちに」

「手遅れにねえ」

シモンがなんとも言えずに繰り返していると、ふいにマーカスが「でも」と割って入った。

「そうなると、俺はどうなるんだ？」

ルイ＝フィリップが、面倒くさそうにマーカスを見やって訊き返す。

「なにが？」

「だって、俺に呪詛をかけた『Cahol』が、魔界に連れ去られてしまったわけだろう？」

「ああ」

「そうなると、俺にかけられた呪詛はどうなる？」

「当然、据え置きだろうな」

「据え置き？」

絶望感を露にするマーカスをなんの同情心もなく見返して、ルイ＝フィリップが淡々と説明する。

「それは、そうだろう。君に呪詛をかけたのは『Cahol』なんだ。その『Cahol』がいなくなってしまった今、呪詛についてわかる人間はいないわけだから」

「そんな――」

一瞬絶句し、マーカスは頭を押さえつつ嘆く。

「そんな、そんな。――じゃあ、俺は、この先、どうしたらいいんだ？」

「知らないよ」

「ああ、誰か――」

なかばパニックに陥りながらガシッとユウリの両腕を摑んだマーカスが懇願した。

「頼む。フォーダム、俺を見捨てないでくれ。――もう、嫌なんだ、こんなのは」

「わかっているって、フィッシャー。誰も君を見捨てたりしないから――」

揺さぶられる衝撃に耐えながら、必死でなだめるユウリを、シモンがマーカスの手から救い出す。

「だから、フィッシャー、いい加減にしてくれないか」

それから押しやるようにマーカスをソファーに座らせてしまうと、その顔の前に人差し指を突きつけて警告した。

「言っておくけど、次、今みたいにユウリに対して乱暴なことをしたら、即刻部屋から追い出すから、そのつもりでいてくれ」

「――わかった。すまない」

謝るマーカスからルイ＝フィリップに視線を移し、シモンが混乱している状況を整理するように告げる。

「それで、こうなったからには、先に君の話を聞くとして、アルミュール、いったいどうしてそんなことになったのか、始めから詳しく話してくれないか？」

「いいよ。――というか、それこそ、望むところだよ」

ルイ＝フィリップが、ここぞとばかりに語り出す。

「ことの起こりは、僕のところに一通の封書が届いたことだ。それは、十三番目の椅子への招待状で、当然僕は有頂天になっていた」

マーカスが、懲りもせずに羨《うらや》ましそうに口をはさむ。

「つまり、あんたはリヨンに行ったんだ？」

「ああ。僕は、リヨンへ向かった。駅まで迎えに来たのは、『Cahol』その人で——」

説明の途中で片手をあげたシモンが、確認する。

「会ったこともない相手のはずだろう。それなのに、どうして、その人物が『Cahol』だとわかったんだい？」

「それは、お互いを認識するための合い言葉があったから」

「合い言葉？」

「そう。『パピュス』の本当の職業は？』と訊かれたことに対し、僕はあらかじめ決められていたとおり『医者』と答えた」

「なるほど」

納得したシモンが、続きをうながすように手を動かす。

それを受けて、ルイ＝フィリップが続けた。

「ただ、向こうに着いてちょっと残念に思ったのは、そこには、僕と『Cahol』しかいなかったということ」

「二人きり？」

「そう」

認めたルイ＝フィリップが、「てっきり」と言う。

「僕は、そこで、残りの十一名の選ばれし面々に会えるものと期待していたのだけど、そこには誰もいなくて、正直、最初は肩透かしを食らった気分だった」

「それは、ご愁傷様」

他に相槌《あいづち》の打ちようのなかったシモンが口にすると、「でも」とルイ＝フィリップが言い返す。

「『Cahol』の説明で納得がいったよ。──というのも、彼が言うには、今回の儀式は組織の中でも秘中の秘であるため、関わる人間は少ないに越したことはないということだったから。──誰かさんの例を見るまでもなく、秘密というのは、知る人間が少なければ少ないほど守られるものだからね」

マーカスをチラッと見ての発言に対し、シモンも認めた。

「それは否定しない。──ただ、こう言ってはなんだけど、それが、なぜ、君だったんだろう？」

尋ねたあとで、「もちろん」と念のため、付け足した。

「君の能力を疑うつもりはないけれど、正直、その十三人の中では最も新参者である君が選ばれた理由はなんだろう――ということなんだ」

ルイ＝フィリップが、シモンの言葉を肯定しつつ説明する。

「ベルジュの言うことはもっともだけど、僕が選ばれたのにはきちんと理由があって、実は、その『秘中の秘』といえる儀式の書かれた貴重な本を組織にもたらしたのが、他ならぬ、この僕だったからなんだ」

「へえ？」

意外そうに応じたシモンに、ルイ＝フィリップが同志めいた笑みを浮かべて教える。

「ほら、たぶん、ベルジュなら覚えているだろう。――その本というのは、例の『イブの林檎《りんご》』だ」

「『イブの林檎』――」

懐かしい名前を聞き、とっさにシモンとユウリが複雑そうに視線をかわし合う。

まさか、ここでその名前をふたたび聞くことになろうとは――。

だが、そんな二人の胸中など知る由もないルイ＝フィリップが、得意げに言った。

「君は知らなかっただろうが、組織が精査した結果、あの本が由緒ある『魔術書《グリモワール》』の一つであることが正式に認められたんだ」

「――それはすごいな」

どこか皮肉げに応じたシモンに気づかず、ルイ＝フィリップは続ける。

「それでもって、あの本の中には、今ではめったに見ることのできなくなった伝統的な悪魔召喚の方法が記されていて、僕と『Cahol』は、二人で力を合わせ、そこに書かれたやり方を正確になぞって儀式に臨んだというわけさ」

「ふうん……」

複雑な心境のまま、シモンが疑わしげに訊き返す。

「だけど、それで本当に悪魔が現れたわけではないだろう?」

「ところがどっこい、現れたんだよ」

「まさか」

「ありえない」と呟《つぶや》くシモンに対し、ルイ＝フィリップが人差し指を振りながら言い返す。

「そう言いたくなるのもわかるけど、本当に現れたんだ」

主張する彼の黄緑色の瞳には、その時に味わった恐怖までもがうっすらと浮かんでいるようだった。

マーカスが、好奇心を抑えられない様子で尋ねる。

「それなら、あんたは、悪魔の姿を見たのか?」

「いや。残念ながら、具体的に見てはいない」

「なんだ」

「だけど、僕は、たしかに、あの場にこの世のものならぬなにかが降臨したのを感じたんだ。それに、ああいったものの出現時にはよくあるといわれているように、暖炉に火が燃えていたにもかかわらず、部屋は凍るように寒くなったし、それまでしなかったような独特な臭《にお》いもした」

説明したあとで、「だけど、なにより」とルイ＝フィリップは言った。

「声が――」

「声？」

その言葉に反応したユウリが、気になったように尋ねる。

「どんな声？」

「説明するのは難しいけど、あの声は、人間の出す声ではなかった。鼓膜に直接響くような声で、僕に――たぶん、『Cahol』にも聞こえていたはずだけど――言ったんだ」

「なんて？」

シモンの問いかけに、ルイ＝フィリップが彼方《かなた》を見つめながら短く答えた。

「本当の望みはなんだって――」

「本当の望み？」

繰り返したシモンが、違和感を拭《ぬぐ》いきれぬ様子で呟く。

「それって、ちょっと変だね」

マーカスが、「ああ」と同調して言う。

「それが本当なら、あんたたちの望みが間違っていたということになる」

そこで、ルイ＝フィリップがもの思いを破られたかのように、彼らのほうを見て「そうなんだよ」と認める。

「たしかに、そこがおかしくて、僕たちは、儀式の過程で当然召喚の理由である望みを告げていた。――知ってのとおり、ああいった儀式では、こちらの望みを告げたうえで悪魔を召喚し、力のある名前のもとに服従させるのが常だからな」

「そうなんだ？」

知らなかったユウリが言い、シモンが「なんだか知らないけど」と続きをうながす。

「そう言われたということは、君たちの望みは別にあったということだね？」

「いや」

ルイ＝フィリップは否定し、どこかもの思わしげに続ける。

「少なくとも、僕は本当に望んでいることを告げたつもりだ」

「――僕は？」

微妙な言い回しに気づいたシモンが、突っ込む。

「ということは、『Cahol』は違ったかもしれないんだ？」

「それなんだけど」

ルイ＝フィリップがうなずき、口の前で両手を合わせて考え込む。

「彼は、悪魔の声が響いた瞬間、すごく驚いた表情になって、とっさになにか言ったような気がするんだ」

「なにかって？」

「それは、よく聞き取れなかった。——ただ、『転移』がどうのと言ったかもしれない」

「転移……？」

「うん。でも、なにより問題なのは、その際、あまりに慌てたせいか、彼、儀式の最中に絶対にやってはいけないことをしでかした」

「やってはいけないこと？」

そんなことがあるのか。

その手の事柄にさほど詳しくないユウリとシモンが顔を見合わせる横で、マーカスがゾッとした様子で尋ねる。

「まさか、越境したのか？」

「その『まさか』さ」

重大なことを話し合っているような二人に対し、完全に置いてきぼりを食らっているシモンが口をはさんだ。

「申し訳ないけど、アルミュール。話を聞いてほしいなら、二人で勝手に盛り上がっていないで、僕たちにもわかるように、もう少し具体的に説明してくれないか？」

「ああ、悪い。素人にはわからないことだったな」

そんな高飛車な前置きをして、ルイ＝フィリップが「いいか」と言う。なんとも人を嫌な気分にさせるのが上手な人間だ。これでは、せっかくチャンスを手にしたとしても、すぐに人間関係で失敗するのが目に見えている。――もっとも、この先、彼が失敗しようが孤立しようが、シモンとユウリにはまったく関係ないため、今は特に怒るでもなく彼の話に聞き入った。

「悪魔召喚を成功に導く鍵《かぎ》は、床に描かれた魔法円だ。そこは儀式を行う魔術師たちの安全圏で、儀式の間、彼らはそこからはみ出さないように気をつけないといけない」

「なるほど」

言われてみれば、ユウリも、これまでに何度かそんなものの中に押し込められた経験がある。ただ、どの場合も、厳格な儀式とは程遠い、その場しのぎのやっつけ仕事のようなものばかりだった。

ルイ＝フィリップが「だけど」と続ける。

「実際のところ、魔法円というのはあんがい小さくて――というより、人間の腕が長いといったほうがいいのかもしれないが、無意識に動かした腕とか頭などは、魔法円の範囲から飛び出してしまうことがままある。そして、『Cahol』は、まさに、興奮して腕を振り上げた瞬間」

「その腕が、魔法円の外に出てしまった？」

「そのとおり」

認めたルイ＝フィリップが、「そうしたら」と恐怖に目を見開いて報告する。

「なにかにその腕を引っぱられるように倒れ込んで、次の瞬間には、もういなくなっていたんだ」

「――それは」

たしかにゾッとする。

ユウリと顔を見合わせたシモンが、言う。

「つまり、君たちの『Cahol』は、手品などではなく、本当に魔界に連れ去られてしまったということか」

「だから、最初からそう言っているじゃないか。それ以外に、考えられない」

イライラしながら認めたルイ＝フィリップが、「しかも」と恐ろしげに告白する。

「その際、悪魔は、これでは不十分だって言い残したんだ。まだまだ足りないって」

「足りない？」

繰り返したシモンが訊く。

「なにがだろう？」

「そんなの、魂に決まっているだろう。悪魔なんだから。――つまり、あれは、まだ終わっていない。終わらずに、あいつは、その場にいた僕の魂も手に入れようと、今もどこかで虎視眈々《こしたんたん》と狙っているはずさ！」

「君の魂……？」

つぶやくユウリの言葉を受け、ルイ＝フィリップが「そうだ！」と叫んで続けた。

「僕の魂を狙っている。――だけど、そうだとしても、悪魔なんぞを相手に、僕はどうしたらいい？　どうやったら、魔の手から逃れられるんだ？」

訴えかけるように言ったあと、頭を抱えて嘆いた。

「ああ、おしまいだ。もうじき、僕も魔界に連れ去られる！」

「なるほど。だからか」

そこに到って、ようやくシモンは納得した。それで、あんなストーカーまがいのことをしてまで、必死に助けを求めていたのだろう。

ただ、それでも、わからないのは――。

シモンが、「でも、アルミュール」と不思議そうに訊き返した。

「そんなことで頼られたところで、僕にできることはなさそうだけど？」

常々言っているように、黒魔術の儀式などとは一線を画しているベルジュ家である。

たしかに、ユウリと出逢《であ》ってからは、そういう世界に接する機会が増えてきているとはいえ、それは万人の与り知《あずかし》らぬところであるはずだ。

だが、ルイ＝フィリップからは、またしても予想外の答えが返った。

「そりゃ、君にはね。できることはないだろう」

「……僕には？」

いぶかしげに訊き返したシモンの横で、ユウリがハッとして顔をあげた。どうやら、相手が次になにを言い出すか、彼には瞬時にわかったようである。

そんなユウリを横目で見やり、シモンは「だったら」と水色の目を胡乱《うろん》げに細めて言い返した。

「なんで、あんな風に僕に張りついたりしたんだ？」

正直、鬱陶しいことこの上ない日々であった。

それだというのに、その行為になんの意味もなかったのだとしたら、それは、あまりに理不尽と言わざるを得ない。

だが、理由はあった。

ただし、シモンの好まざる理由だ。

そのことを、ルイ＝フィリップが告げる。

「それは、君には無理でも、君の仲間であるコリン・アシュレイなら、あるいは、魔界にも顔がきくのではないかと思ったからだ」

「――アシュレイだって?」

最悪の名前を耳にしたシモンの表情が一瞬で不機嫌なものになる中、ルイ＝フィリップは「そうだ」とうなずき、期待を込めて言う。

「僕は、なんとしても彼に連絡を取りたいんだよ、ベルジュ。そして、君にならそれが可能だろう?」

3

「——アシュレイね」

シモンが溜《た》め息《いき》交じりに、その名前を口にする。

ここに来て、またもやアシュレイだ。

いったい、どれだけ期待されている名前であるのか。

シモンとしては、別にルイ＝フィリップのような人間に頼みにされたいとは、これっぽっちも思わない。思わないが、かといって、こんな風に素通りされるのは、彼の立場からして心外であるし、正直、いささかプライドも傷つく。

もっとも、シモンが個人的に抵抗感を抱《いだ》いているだけで、方向性としては決して間違っていない。

なにせ、蛇の道は蛇だ。

ユウリから聞いたわけでもないのに、以前の彼と同じような感想を抱きつつ、シモンが冷淡に訊き返す。

「つまり、僕に、アシュレイに連絡しろと？」

「そう。してくれるな？」

なんとも簡単そうに言われるが、ことはそう単純ではなく、むしろ複雑で、なにより危険だ。それは、プライド云々以前の問題で、アシュレイに助けを求めるということは、その瞬間に、大きな負債を抱え込むようなものだった。

当然、シモンは即座に却下する。

「悪いけど、できない」

「なぜ?」

「単に、連絡先を知らないからだよ」

「そんなはずないだろう。仲間なんだから」

「――冗談じゃない」

聞き捨てならない言葉を心の底から否定し、シモンは明言する。

「さっきから聞いていれば、仲間、仲間って、いい機会だから言っておくと、僕もユウリも、決してアシュレイの仲間などではないから」

「そうなのか?」

意外そうに眉をあげたルイ＝フィリップが「だけど」と反論する。

「僕たちは、何度も君たちが結託してことに当たる姿を見ている」

「それは、そっちが、そうせざるをえない状況に追い込んだからだろう。いわば、不可抗力だ。命の危険を感じれば、誰だって、ひとまず昨日の敵とでも手を組むさ。そういう意味では、君たちとだって、こうして穏やかに話しているだろう。――それとまったく一緒だよ」

シモンならではの、痛烈な嫌みであった。

ふつうの神経をしていれば、ここで恥じ入るなりなんなりするのだろうが、手前勝手な人間というのは、面の皮もふつうの人よりかなり厚くできているらしく、シモンの嫌みなどまったく耳に届いていない様子で「いやいや」と首を振り、ルイ＝フィリップが主張した。

「こちらが接触する前から、けっこうつるんでいたはずだ」

「仮にそうだったとしても、そっちが思っているような協力態勢にあったことは一度もないよ。あくまでも、しかたなくだ」

「どうだかね。見た感じ、仲は悪くなさそうに思える」

頑迷に言い張る相手に辟易《へきえき》し、シモンがどうでもよさそうに返した。

「別に、どう思おうと勝手だけどね。――ただ、なんと言われようと、僕がアシュレイの連絡先を知らないのは事実だ」

すると、それまで黙っていたマーカスが、ふいに口をはさんだ。

「あんたはそうかもしれないけど、フォーダムは違う。フォーダムなら、あの男の連絡先を知っているし、電話もできる」

とたん、シモンとルイ＝フィリップがそれぞれの表情で振り返った。

片や、期待に満ちた目で。

もう一方は、驚きとともに真意を問うような眼差《まなざ》しで——。

先に、ルイ＝フィリップが確認した。

「本当に？」

「ああ、間違いない」

太鼓判を押したマーカスが、「事実」と真相を暴露する。

「この件で、一度連絡を取っているし」

「へえ。——でも、言われてみれば、たしかに、彼のほうがアシュレイと近しいな」

納得するルイ＝フィリップとは裏腹に、信じられないというように水色の瞳を大きくしたシモンが、ユウリに向かって確認する。

「それ、本当かい、ユウリ？」

「あ、うん」

シモンの視線がなんとも痛かったが、ユウリはしかたなく認める。

「たしかに、連絡はした。——無駄だったけど」

「無駄というのは、出なかったってことか？」

ルイ＝フィリップの問いかけに、ユウリは首を振って応じた。

「そうではなく、ものの見事に断られてしまって」

「だけど、それなら」

ルイ＝フィリップが、すがるように懇願する。

「もう一度、今度は僕の名前を出して連絡してみてくれ。──なんなら、そうだな、『イブの林檎』を渡してもいいと言えば、きっと興味を示すはずだから」

「『イブの林檎』を……」

呟いたユウリが、諦念《ていねん》の溜め息をもらす。提示された条件では、アシュレイが絶対に動かないことを知っているからだ。

それでも、悩んだ末に、ユウリが「わかった」と受け入れる。

「もう一度だけ、連絡してみることにする」

「ユウリ──」

シモンが警告を込めて呼んだのに対し、「わかっている」というように片手をあげて応じてから、「もしかしたら」と続けた。

「気が変わっているかもしれないし」

そこで、たまらず、シモンが口をはさんだ。

「そんなことをすればどうなるか、わかって言っている、ユウリ?」

「……うん、わかっているよ」

応じたユウリが、「ごめん、シモン」と謝ってから心情を吐露する。

「正直、今回は、僕もこの件でアシュレイを動かすのは無理かもしれないと考えてはいるけど、僕のほうでもちょっと思うところがあって、ひとまず、万に一つの可能性にかけてみようかなって」

その際、ユウリの視線が気がかりそうに床の上をさまようのを、シモンは見逃さなかった。

(……なるほど)

シモンは思う。

やはりというべきだろうが、ユウリには、彼らのこととは別に、アシュレイと連絡を取りたい理由があるらしい。

それが、なんであるのか。

今の段階ではわからないが、そうでもなければ、さすがにユウリも、二度にわたってまでアシュレイの時間に介入するような危険は冒さないはずだ。

(問題は――)

ユウリが、そこになにを見ているか、であった。

黙り込んだシモンの前で、アシュレイから預かっているスマートフォンを取り出したユウリが、前回と同様にかなり吟味してメールを打つ。

曰《いわ》く。

マーカス・フィッシャーに続き、ルイ＝フィリップ・アルミュールよりSOS。

状況は混迷かつ「イブの林檎」が関係している模様。至急連絡を請う。


「イブの林檎」の名前を付け足したのは、そこに多少なりともアシュレイの意図があるとしたら、あるいは、そのことで連絡をくれるのではないかと思ってのことである。

それが、功をそうしたのか――。

五分と経《た》たないうちに、ユウリのスマートフォンが着信音を響かせた。

みんなの注目が集まる中、電話を取ったユウリの耳に、いとも高飛車な声が飛び込んでくる。

『――だから、ユウリ』

名指しで容赦なく、アシュレイは続けた。

『お前は正真正銘バカなのか？』

挨拶もなにもすっ飛ばしての、罵倒《ばとう》だ。

だが、今回ばかりは、それもしかたない。

ユウリが、本当に申し訳なさそうに応じた。

「わかっていますけど、いちおう、『イブの林檎』が絡んでいるようだし、もしかしたら興味があるのではないかと」

『そんなの、こっちは想定内だ！』

ピシャリと言い放ったアシュレイが、『もし』と冷たく告げる。

『また、こんなくだらないことで連絡をしてきたら――』

だが、最後通牒《つうちょう》を食らう前に、ユウリが慌てて言い募る。

「ちなみに、アルミュールの話では、その『イブの林檎』に則《のっと》って、高等魔術の儀式を行っている最中に、人が一人消えたそうです」

これで興味を示さなかったら終わりだと思いながらの交渉であったが、幸い、効果を発揮した。

電話の向こうで一瞬沈黙したアシュレイが、『消えた？』と呟く。

どうやら首の皮一枚で繋《つな》がったらしい。

続けて、アシュレイが問《と》い質《ただ》す。

『誰が消えたんだ？』

「誰って、それは……」

せっかくの交渉続行も、とっさに名前を思い出せなかったユウリが電話を持ったままあたふたしていると、シモンがすぐに「Cahol」と横から教えてくれた。敏《さと》いシモンは、ユウリの側の台詞《せりふ》だけで、会話の内容をほぼ把握できているらしい。

「ああ、そうそう」

シモンに手で「ありがとう」と示しながら、ユウリが告げる。

「『Cahol』という人です。――その人が、儀式を主導していたようなんですけど」

『なるほど。そういうことか』

それだけでなにがわかったのか、アシュレイが、『ちなみに』と告げた。

『こうして俺を呼びつけるからには、お前には、それなりの覚悟があると思っていいんだな？』

「――もちろんです」

『なら、一時間で行く』

「よかった」

ホッとしたのも束《つか》の間《ま》、アシュレイの言葉に驚いて、ユウリが慌てて言い返した。

「え、でも」

「ここはパリだ」と告げる前に、電話は切られていた。

「……あれ？　もしもし？」

問いかけるが、もちろん返事はない。

「嘘《うそ》。やばい、どうしよう」

困ったように通話の途切れたスマートフォンを見つめるユウリのことを、シモンが水色の瞳で捉えて尋ねる。

「アシュレイ、なんだって？」

「来るって」

答えたユウリが、自信なげに付け足した。

「しかも、一時間で――」

「一時間？」

さすがに意外だったらしいシモンが、確認する。

「でも、君、今、パリにいると伝えていないよね？」

「うん」

だが、ユウリと違い、すぐに状況を把握したシモンが、「まあ」とつまらなそうにスマートフォンを顎《あご》で示して言う。

「その電話を使っている限り、君がどこでなにをしているかなんてお見通しか」

「ああ、そうだね」

納得してスマートフォンをしまうユウリの前で、シモンは「しかも」と続けた。

「アシュレイの言葉を信じるなら、彼は、すでにフランスにいることになる」

「そうか。それはラッキーだったかも」

ユウリは現状を踏まえて単純に感想を述べたが、当然、そこまで太平楽ではいられない
シモンは、水色の瞳を伏せて「というより」と小声で呟いた。
「あの御仁《ごじん》は、いったいどこで何をしているのか。それが問題だ――」

4

一時間後。

アシュレイは、本当に来た。

しかも、傲岸不遜《ごうがんふそん》な態度は微塵《みじん》も変わらないまま、四人のいるホテルの部屋に入ってくるなり、居並ぶ面々を見まわし、「俺も」と呆れた口調で言い放つ。

「めったなことでは驚かないが、この光景には心底ゾッとさせられる」

おそらく、昨日までの敵同士が、がん首揃《そろ》えて食事をしていることをさして言ったのだろうが、それぞれソファーセットとダイニングテーブルに分かれていたとはいえ、アシュレイが入ってきた時、彼らが軽食やお菓子類をつまみながらお茶を飲んでいたのは事実であった。

言われなくとも、シモンにしたって、この状況をいささか異様に思っていたが、どんな場合であれ、お腹《なか》は空《す》くもので、アシュレイの到着を待つ間、特にこれといってしゃべることもないまま、ルームサービスでも取って腹ごしらえをしようとなったのは、案外自然な流れであった。

シモンが、苦笑交じりに尋ねる。

「なんなら、アシュレイもなにか頼みますか？」

「冗談だろう。この仲間に加わるくらいなら、俺は、喜んで三月ウサギのテーブルにつかせてもらう」

『不思議の国のアリス』に出てくる一場面をさしての皮肉に、シモンが小さく溜め息をもらして同意する。

「でしょうね。ま、お好きにどうぞ」

それから気持ちを切り替え、先に彼自身の興味について尋ねた。

「それはそれとして、そちらこそ、ずいぶんと早いご到着のようですが、いったい、こんな時期に、フランスでなにをなさっていたんです？」

とたん、アシュレイが青灰色の瞳を光らせて応じた。

「それは、お前には関係のない話だ」

「だといいですけど」

つまらなそうに受けたシモンが、「ついでに言わせてもらえば」と声を低めて続ける。

「ユウリにも関係のない話であってほしいものですね」

それに対し、鼻で笑ったアシュレイが、「それも」と高飛車に応じる。

「お前には関係のない話だな。――だいたい、その眠りネズミ《ドーマウス》は、どこまで寝とぼけたら気がすむのか」

付け足しながらテーブルの前でぼんやりしているユウリに視線をやり、「おい」と指を鳴らして呼びつける。

「ユウリ。このとおり、早々に来てやったというのに、お前はもてなしもせず、なにをのんべんだらりとそんなところでくつろいでいるんだ?」

「――あ、すみません」

ハッとして席を立ったユウリが、アシュレイのそばに飛んでくる。

「ちょっと考え事をしていて」

「へえ」

言い訳するユウリの顎をグイッとつまみあげ、アシュレイが間近に覗《のぞ》き込《こ》みながら文句を言う。

「それはまた、人を呼びつけておいて、いい度胸をしている」

「――いや、本当にすみません」

シモンが、そんなユウリをアシュレイの手から救い出し、牽制《けんせい》するように言い返した。

「そうやって、都合よくユウリのせいにしようとしていますが、今回の件は、どう考えても貴方《あなた》に責任があるわけですから、文句を言っている暇があったら、とっとと後始末をしたらいいでしょう」

「――は?」

心外そうに応じたアシュレイが、シモンの胸に指を突きつけて言い返した。

「バカも休み休み言え。――あるいは、こいつと一緒に居過ぎて、お前まで脳味噌《のうみそ》がすっからかんになっちまったのか？」

「まさか。ふつうですよ」

否定したあと、それでは「ユウリは脳味噌がすっからかん」だと認めたようなものであるため、「別に」と付け足した。

「ユウリだって、ふつうですし」

「だが、だったら、なんで、俺の責任なんて愚かな発想になるんだ？」

「それは、ユウリがメールでもお知らせしたように、問題の元凶となっているのは、例の『イブの林檎』だからです」

「――ああ、それね」

口の端を引きあげたアシュレイが、訳知り顔で説明する。

「それについて、こいつには電話でも話したが、俺にしてみれば想定内のことだ」

「想定内？」

「ああ」

意外そうにしているシモンを尻目《しりめ》に、空いたソファーにドカッと座って足を高く組んだアシュレイが、「もし」と続ける。

「どこかに腕のいい魔術師がいて、『イブの林檎』に書かれたとおりに悪魔召喚の儀式を実践できたとすれば、必ず悪魔は呼び出され、その結果、こういう混乱が起きるであろうことはわかっていた——と言っているんだ」

「……そうなんですか?」

疑わしげなシモンの言葉に、「つまり、アシュレイ、君は」というルイ＝フィリップの声が重なる。

「『イブの林檎』に目を通したか、それについて書かれた資料のようなものを読んだことがあるんだな?」

ルイ＝フィリップとマーカスは、これまでさんざん痛い目をみてきたせいか、アシュレイの急な登場で、しばらくは声も出せずに固まっていたのだが、ユウリが呼びつけられたあたりから、少しずつ緊張の糸がほぐれてきたらしい。

アシュレイがチラッとルイ＝フィリップを見て、応じる。

「それがどうした?」

肯定でも否定でもない返答。

ユウリとシモンは、それについてコメントするのは控えておいたが、かわした視線がもの言いたげだ。

それもそのはずで、彼らは「イブの林檎」がどういうものか、痛いほど知っていた。

今度はマーカスが、「読んだのなら」と期待を込めて問い質す。

「対抗魔術のかけ方もわかるはずだな⁉」

「対抗魔術？」

繰り返したアシュレイが、そこで初めてマーカスの存在を認識したかのように視線をやり、先に「これは」とからかった。

「おもしろい。お前、ほぼほぼゾンビだな」

「ほっといてくれ。――それより、対抗魔術だよ」

「ああ。愚鈍なお前らしい発想だ」

「なんだと？」

よせばいいのに、アシュレイの暴言をまともに受け止めたマーカスが、それまでの態度から一転、喧嘩腰になって言い返す。

「俺の、どこが愚鈍だって⁉」

「そりゃ、やることなすこと、すべてだよ。――そもそも、対抗魔術なんて、呪詛を受けた人間がやったところで、なんの解決にもならない」

「な――」

反論したくても言葉が続かないマーカスを置き去りにしたまま、アシュレイはどんどん話を進めていく。

「もし、本気で呪詛を取り除きたいと思うなら、魔術云々《うんぬん》などと愚かなことを言ってないで、とっとと元凶を見つけ出して根本から断つ以外にない。――つまり、今、お前がやろうとしていることは、見当違いも甚だしいってことで、それを『愚鈍』と呼んでなにが悪い」

容赦のない言葉の数々にぐうの音も出なくなったマーカスが、絶望的に「それなら、なにか？」と呟いた。

「結局、俺は、魔界に連れ去られた『Cahol』が戻らない限り、この先、ずっと呪われたままなのか⁉」

それに対し、同情心もなく、アシュレイが「魔界にね」とおもしろそうに応じる。

「そこが、ひとまず問題だ」

「どういう意味です？」

尋ねたシモンだったが、すぐになにかに気づいて言い直した。

「ああ、もしかして、先ほどの言いようからして、そのことだけは、さすがの貴方にとっても想定外だったということですか？」

「そのとおり」

認めたアシュレイが、説明する。

「言ったように、あの本に書かれたとおりに儀式を進めて、本当に悪魔が召喚されたのだとしたら、儀式を主導した人間は、それなりに腕のいい魔術師だったということで、ある意味、称賛に値する」

　彼にしては珍しく誉《ほ》めたあとで、どこか揶揄《やゆ》するように続けた。

「そして、今回はいちおう呼び出されたようなので、さすが、『Cahol』なんて、悪魔の名前を騙《かた》っているだけはあり、ひとまず腕はよかったのだろう。――ただし」

　そこまでは想定内だったかのように一度区切ったアシュレイが、「たとえ、どんなに腕がよくても」と続けた。

「修練に欠けた魔術師は、突発的な出来事に対して落ち着きを失う。その結果、禁を冒して、逆に悪魔の手中に落ちるということはままある話で、あちらも、それを狙っていろいろと仕掛けてくるわけだ。――今回のケースでも、おおかた、なにかに慌て、うっかり魔法円から飛び出してもしたんだろうが」

　見てもいないのに真実に辿《たど》り着《つ》くアシュレイに対し、ルイ＝フィリップが気味悪そうに言う。

「たしかに、君の言うとおり、『Cahol』は魔法円から腕を出した瞬間、消えてしまったんだが……」

　そこで、気になることがあるように、彼は続けた。

「それはそれとして、君、さっき、『Cahol』が悪魔の名前を騙っていると言っていただろう?」

「ああ」

「つまり、『Cahol』というのは、悪魔の名前なのか?」

「そうだ」

面倒くさそうに認めたアシュレイが、「これは、基本中の基本だが」と説明する。

「間に『H』が入ることから、英語で発音するなら『カホル』となるべき『Cahol《カオル》』は、著名な魔術書『ヌクテメロン』における欺きの魔物の名前だ」

「ああ、『ヌクテメロン』か」

さすがに、その名前くらいは知っていたらしいルイ゠フィリップが、「ということは」と確認する。

「彼の本名は、別にある?」

「当然」

言い切ったアシュレイが、あっさり教える。

「彼の本名は、パトリック・ペリンだ」

「ペリン?」

聞き覚えのあったシモンが、問い質す。

「もしかして、彼らが所属している組織の創立者の子孫ですか?」

「ああ」

「なんだって⁉」

遅れて驚いたルイ＝フィリップが、「あの『Cahol』が」と繰り返す。

「ギュスターブ・ペリンの子孫⁉」

「まさか！」

マーカスが、ルイ＝フィリップと顔を見合わせたあと、アシュレイを睨《にら》んで尋ねた。

「だけど、なんだって、あんたがそんなことを知っているんだ？」

「なんで？」

ひどく意外なことを訊かれたかのように応じたアシュレイが、「そんなの」と堂々と答える。

「調べたからに決まってんだろう。それ以外に、なにがある」

「それなら、なんで調べる必要があったんだ？」

「は。それくらい、わかっていて然《しか》るべきだと思うが」

答えながら青灰色の瞳を妖《あや》しげに光らせたアシュレイが、「俺が」とまさに召喚された悪魔のような口調で言い返した。

「俺や俺の持ち駒に対して意味もなくちょっかいを出してきた相手を、親切にも放っておいてやるとでも思っていたのか？」

「ちょっかいって」

ルイ＝フィリップが、黄緑色の瞳を向けて異議を唱えた。

「ひどいな。僕は、仲間に入らないかと誘っただけだ。それを、君がひどいやり方で足蹴《あしげ》にしたんじゃないか」

「それは、お前たちがしつこかったからだろう。――それに、断られた時点でやめておけばいいものを、その後、なにをした？」

「なにって……」

「あちこちで、ずいぶんと目障りなことをしてくれたよな？」

「それは――」

ルイ＝フィリップが反論しようとして、できずに終わる。ここにいるシモンやユウリに対する暴挙の数々も勘定に入れれば、たしかに自分たちはやり過ぎたという自覚があったからだ。

それでも、元来のずる賢さを活《い》かして一言添える。

「でも、ベルジュによれば、君たちは仲間ではないってことだったが」

「当然だろう」

そこはアシュレイも認め、「俺は」と主張する。

「『俺の持《も》ち駒《ごま》』とは言ったが、仲間とは言っていない」

「持ち駒になった覚えもありませんけどね」

すかさず反論したシモンに対し、アシュレイが険呑《けんのん》に笑って言い返す。

「そりゃ、そうだ。盤上の駒に、その自覚がないのはわかっている。所詮《しょせん》、ゲームの打ち手と駒とでは、存在している次元が違うからな。――わかったら、少し黙っていろ」

それから、マーカスたちのほうへ向き直り、「ということで」と話を続けた。

「最初は、目の前でお宝を燃やしてやるくらいがちょうどいいと思っていたが、どうもそんなもんでは足りなく思えてきたので、俺も少々考えを改めることにしたんだよ」

「考えを改める？」

「そう。うるさいハエは、追い払うのではなく、叩《たた》き潰《つぶ》すことにした」

「叩き潰すって……」

恐ろしげに繰り返したルイ＝フィリップが、眉をひそめて問い質す。

「――君、僕たちになにをしたんだ？」

「ま、いろいろとね。――でも、安心しろ」

そこで、ヒラヒラと手を振ったアシュレイが、底意地の悪そうな言い方で主張する。

「お前たちにとっては、むしろ善行を施してやったくらいだ」

「善行だって？」

アシュレイに限って、それはありえないと、かたわらで聞きながら思うシモンとユウリであったし、実際、ルイ＝フィリップもそう思ったようである。

「あんたが、善行なんて施すわけがないだろう！」

「そうか？」

応じたアシュレイが、「だが、まあ」と本筋に戻って続けた。

「言ったように、想定外のことも起きたわけで、まずは、愚かにも魔界に連れ去られた魔術師をこの場に戻さないと、正直、こちらも話を進めようがない」

「——え⁉」

驚いたマーカスが、確認する。

「ってことは、彼を戻せるのか？」

「もちろん、戻せるさ」

「魔界に連れ去られた『Cahol』を？」

「そうだ」

「でも、どうやって？」

それは、マーカスやルイ＝フィリップのみならず、シモンやユウリも知りたいところである。

今や全員の期待を一身に背負ったアシュレイが、こともなげに答えた。

「別段、難しいことではない。連れ去られた時と同じ状況を作ってやればいいだけだ。それでもって、途中になってしまっている儀式の続きを行う」

「まさか」

マーカスと顔を見合わせたルイ＝フィリップが、拍子抜けしたように尋ねる。

「たった、それだけ?」

「そう」

シモンも意外そうに問いかけた。

「ですが、アシュレイ。どうして、それで大丈夫だと言い切れるんです?」

「それは、『イブの林檎』に書かれた儀式で呼び出される悪魔が、『アガリアレプト』だとわかっているからだ」

「『アガリアレプト』?」

聞きなれない名前を繰り返し、シモンが「その」と訊き返す。

「『アガリアレプト』というのは、どういった悪魔なんですか?」

「質問が多いな」

呆れたように言いつつも、「ものの本によると」とアシュレイが説明する。

「そいつは、人に害を及ぼすというよりは、宮廷や会議における秘密が暴露されることに無上の喜びを覚えるらしく、隠されていた真実が白日のもとにさらされれば、満足して退散すると考えられている」

「隠されていた真実……ねえ」

シモンがおもしろそうに言い、アシュレイが「つまり」と続けた。

「そこから考えうることとして、『アガリアレプト』を再度召喚し、前回の召喚では明らかにされずに終わった真実を明らかにするという交換条件で連れ去られた魔術師を呼び戻させ、さらに、そこで本当に真実が明らかになりさえすれば、すべて終了。なべて世はこともなし、だ」

「なべて世はこともなし……？」

疑わしげに繰り返したシモンが、「でも」と反論する。

「そう都合よく、『隠されていた真実』なんてものが炙《あぶ》り出《だ》されますかね？」

もっともな疑問であり、マーカスやルイ＝フィリップも、半信半疑のようである。

だが、アシュレイは揺らがない。

「そんなの、心配せずとも、掘れば、いくらでも出てくるさ。――特に、こいつらのように、秘密結社めいたものをやっているような連中なら、『アガリアレプト』にとっての大判小判がザックザクだろう」

「ああ、たしかに」

皮肉げに笑ったシモンが、「とはいえ」とさらなる懸念をあげる。

「おっしゃるように秘密があったとして、あくまでも、それを隠したままでいたい場合はどうなるんです？」

「は」

意地悪く鼻を鳴らしたアシュレイが、「たとえ、そうであっても」と宣言する。

「この世に戻りたければ、暴露してもらうしかない」

「――それは、なかなか手厳しい」

シモンがそんな感想を述べると、今度は、マーカスが「だが」と横槍《よこやり》を入れた。

「問題は、まだあるぞ」

「へえ？」

「さっきあんたも言っていたように、『Cahol』は『PPS』の中でも高位位階保持者として熟達した魔術師であったからこそ、例の『アガなんとか』って悪魔も召喚に応じたのだろうが、その彼がいない今、誰にその代わりが務まるんだ？」

アシュレイが肩をすくめ、「さてね」と曖昧《あいまい》に返す。

「そんなの、やってみないことにはなんとも言えない。――結果は、それこそ『神のみぞ知る』だ」

悪魔召喚の行方を神に任せるあたり、さすが冒瀆的《ぼうとくてき》なアシュレイであると言わざるをえないが、今のマーカスには仔細《しさい》なことにまで気を回している余裕がないらしく、それについては特にコメントすることなく、続きを問い質した。

「つまり、あんたが儀式を主導するってことか？」

訊き方は疑わしげだが、口調には、どこかアシュレイに対する期待のようなものが見え隠れしている。それは、ルイ＝フィリップも同様であるのか、二人の会話に口出しすることなく、値踏みするようにアシュレイを見ていた。

だが、もちろん、真実は二人が思っているのとは違う。

この儀式を成功させるとしたら、それはアシュレイではなく、ユウリだ。

ただし、その際、ユウリの霊能力がばれないよう、二人にはあくまでもアシュレイが主導しているかのように見せかける必要があり、彼自身の演出に加え、暗がりと緊張感を利用すれば、それは可能であるとアシュレイは踏んでいた。

そんなアシュレイの思惑を、当然シモンは警戒の目で見ていたが、かんじんのユウリが、話の途中からずっと床のあたりを見つめてなにやら考え込んでいる様子であることに気づいて、特に反論せずに終わってしまう。

本当に、ユウリは、暗がりになにを見ているのか。

ここに来てからというもの、気づけば、床のあたりばかり見つめている。——いや、それどころか、シモンが知らないだけで、ここに来る前からずっとそうだったのかもしれない。

（いったい、なにを——）

折をみて、先に一度確認しておいたほうがよさそうだと考えるシモンが悩ましげであるのに対し、同じようにユウリのことをもの思わしげに眺めながらも、アシュレイは淡々とことを進める。

「ということで、他に文句や質問がないようなら、早々に、『イブの林檎』に則って悪魔召喚の儀式を執り行うとしよう」

ユウリからアシュレイに視線を移したシモンが、そこで手をあげてアシュレイの気を引いた。

「なんだ、ベルジュ」

「この際、悪魔召喚だろうがなんだろうが、儀式を敢行するのはいいとして、問題はどこでやろうとしているかです」

言いながら室内を示し、「まさか」と確認する。

「ここでやるとか、言いませんよね？」

特に監視の目があるわけではなかったが、ベルジュ家の名義でチェックインしている部屋で、黒魔術のような怪しい儀式をすることは、さすがにちょっと遠慮してほしいと、その表情が真剣に語っている。

アシュレイが、鼻で笑って応じた。

「まあ、ここも古さでいえば申し分ないだろうが、残念ながら、こういった落ち着きのある空間は、魔界の者に好まれる環境とは言いがたい」

「それを聞いて安心しましたよ」

心底ホッとした様子のシモンが、「でも」と最初の質問に戻って尋ねた。

「だったら、本当にどこでなさるおつもりですか？」

だが、それも、アシュレイにとっては想定ずみであったらしい。

「俺が思うに」

指をパチリと鳴らし、その指でルイ＝フィリップのほうをさして提案する。

「連れ去られた相手を連れ戻すなら、そいつがいなくなった場所でやるのが、もっとも効果的といえる」

「いなくなった場所？」

繰り返したシモンが、「つまり」と確認する。

「彼らが前に儀式を行った場所ということですね？」

「そう。おそらく、リヨン郊外にあるペリン家の屋敷だろう。——そこに、『Cahol』もといパトリックは一人で暮らしていたはずだ」

とたん、ルイ＝フィリップが、「だが、あそこは」と反論した。

「当人がいない今、入るのは——」

難しいと言いたかったのだろうが、アシュレイはこともなげに言い返す。

「むしろ、簡単だろう。所詮は個人所有のものであれば、さほど警備が厳重というわけでもないだろうし、そもそも、お前はそこから戻ってきたわけで、その際、ご丁寧にあちこち鍵をかけたのか？」

「――あ、いや。その時は、ただただただ恐ろしくて」

「だろうな。おおかた、あとも見ずに逃げ帰ってきたんだろうが、そうなると、そこは、今や無人の家屋と化して出入り自由というわけだ。へたをしたら泥棒に入られている可能性がなきにしもあらずだが、なんであれ、悪魔召喚の儀式をやり直すのにうってつけの場所であるのは間違いない」

「そのようですね」

シモンも認め、話は決まる。

「ただ」と、最後にルイ＝フィリップが、覚束《おぼつか》なげに言う。

「そこへ案内できるかといえば、正直、まったく自信がない。――というのも、行きはリヨンの駅に車が迎えに来て、帰りは、とにかくがむしゃらに走りまくって、公道に出たところで、朝になるのを待ってバスを乗り継いで駅まで戻ったから」

だが、もちろん、アシュレイに抜かりはない。

「安心しろ。場所はこっちで把握している。――ということで、俺たちの次なる目的地はリヨンだ」

第四章　愚者たちの輪舞曲《ロンド》

1

パリからリヨンまで、特急で二時間。

その家は、リヨンの中心部から車でかなり走った場所にポツンと存在していた。

手入れがされず伸び放題になっている木々と茶色く冬枯れた草に囲まれ、道路の側から一見しただけでは、そこに家があるとはわからない。だが、せり出した低木に隠れるように存在する門をくぐってその先の小道を進むと、すぐにそれなりに大きくて古い館《やかた》が姿を現した。

おそらく、近所付き合いなどほとんどないのだろう。

主《あるじ》が消えて半月以上放っておかれた家は、ルイ＝フィリップがその場を逃げ出した時と同じ状態で、ふたたび彼らを迎え入れた。

「――ああ、間違いない。ここだ」

白い息を吐いたルイ＝フィリップが、首を巡らせながら言った。

冬の日はとっくに暮れていて、最初こそ覚束《おぼつか》なげであったが、懐中電灯で照らし出された玄関口を見た瞬間、いろいろと思い出したようである。

「たしか、廊下の奥に階段があって、そこから地下におりた記憶がある」

そこで、彼を先頭に、一行はぞろぞろと家の中に入っていく。

その際、しんがりを務めていたユウリがなにかに惹《ひ》かれたように背後を振り返り、手にした懐中電灯で庭を照らす。

左から右へ。

なにかを探すようにゆっくりと動かしていく。

（なにが……）

と――。

中央から少し右にずれたところに、ひときわ大きな西洋菩提樹《ぼだいじゅ》があった。

（……ああ、これか）

ユウリがその木を見つめながら佇《たたず》んでいると、彼が来ないことに気づいたシモンが、扉から顔を覗《のぞ》かせてユウリを呼んだ。

「ユウリ、どうしたんだい？」

「あ、うん、ちょっと」

答えつつ動こうとしないユウリの隣に並び、シモンが同じように西洋菩提樹に懐中電灯を向けて感想を述べる。

「へえ、大きい。百年以上は経《た》っていそうだ」

「そうだね」

「まさに、この家のシンボル・ツリーだな」

「シンボル・ツリー？」

横を見あげて尋ねたユウリに、シモンが答える。

「うん。まあ、名前のとおり、その家の象徴となるよう、建築の際に玄関先とかに植えられたりするものだけど、それ以前からそこにあった大木や古木のこともそう呼ぶし、要は場所の目印となるような木のことをさすと思えばいい」

「ふうん」

大地に深く根を下ろし、その地で暮らす人々を見守る巨大な樹木。

「たしかに、大きな木はいろんなことを見ていそう……」

うなずいたユウリが、シモンにうながされて室内へと踏み込む。

みんなから後れをとってしまったが、少し先の廊下をチラチラと明かりが移動するのが見えたため、急ぎ、そのあとを追う。

足早に歩きながら、シモンが尋ねる。

「それはそうと、ちょうどいいから訊《き》いておくけど、ユウリ」

「なに？」

「君は、正直、誰のために、これほど一所懸命になっているんだい？」

ユウリが、歩きながらシモンを見あげる。

「誰のため？」

「うん。──あるいは、なんのためと訊いてもいいけど」

言ってから、シモンは前方を顎《あご》で示して続けた。

「少なくとも、彼のためってことはないだろう？」

「……ああ、うん」

漆黒の瞳《ひとみ》を翳《かげ》らせて応じたユウリが、「まったく」と言い訳する。

「彼らのためでないかといえば、そうでもなくて、やっぱり、フィッシャーのやつれ果てた姿を見た瞬間、なんとかならないものかとは思った。──ただ、それ以上に、どうしても気になることがあって」

「やっぱり」

うなずいたシモンが、「で」と問う。

「それがなにか、君にはもうわかっているのかい？」

「全然」

首を振ったユウリが、小さく笑う。

「あまりにわからな過ぎて、すごく困っている。わかるのは、必死で戻ろうとしているってことだけ。――あるいは、必死でしがみついている」

「……戻ろう？」

「うん」

「それって、例の魔界に連れ去られたこの家の当主の思念ではなく？」

「たぶん、違う。――ただ、シンクロはしていそう」

応じたユウリがあたりを見まわし、心許《こころもと》なさそうに付け足した。

「ここに来たら、あるいは、すべてわかるかと思ったんだけど、駄目みたいだ」

「へえ」

軽く眉根《まゆね》を寄せて、シモンが応じる。

常日頃、なにごとにおいても処理能力が抜群に高いシモンなどにしてみると、そういう宙ぶらりんの状態のままでいるというのは、話を聞いているだけで歯がゆくてしかたなくなってくるのだろう。

逆にいえば、そういった歯がゆさを抱え込んだまま、相手に振り回されても泰然としていられるユウリというのは、本当に辛抱強いといえる。そして、辛抱することで蓄積されていく力こそが、最終的に特殊な能力を発揮する源となる。

ユウリが、この手の過程を途中であまり語りたがらないのも、蓄積されるべき力の流出を無意識に抑えているからだとも考えられた。

地下へと続く階段をおりながら、ユウリが「ただ」と続ける。

「言ったように、彼らの件に関係しているのは間違いないから、このまま彼らに付き合って、こんがらがっている糸を丁寧に解いていけば、もしかしたら、こっちのこともはっきりしてくるかもしれない。——それでもって、そのための頼みの綱は、やっぱり、なにか知っていそうなアシュレイということになるんだろうけど」

「アシュレイねえ」

げんなりしたように呟《つぶや》いたシモンが、それでも、声を明るくして「ひとまず」と地下室に入りながら告げる。

「君の見つめている先が別にあるとわかっただけでも、少し気が楽になったよ」

そんなシモンを、扉の前で待っていたアシュレイが青灰色の瞳で険呑《けんのん》に見つめ、さらにシモンのあとに続こうとしたユウリの後頭部を、パシッとはたいた。

「——痛ッ」

とっさに頭を抱えたユウリを、シモンが慌てて庇《かば》う。

「だから、アシュレイ、そういう乱暴なことは——」

「は。列を乱すほうが悪い」

どうやら、遅れたことを怒っているらしい。

「すみません」

とっさに謝ったユウリが改めて地下室を見ると、どうやらそこはルイ＝フィリップが逃げた時のままの状態であるらしく、さまざまなものが散乱していた。

もちろん、彼らが言うところの「高等魔術の儀式」に使われそうなものばかりである。

たとえば、ハシバミの枝で作られた杖《つえ》。

奇妙な記号の彫られたナイフ。

黒い布がかけられた細長いテーブルの上には、短くなった蠟燭《ろうそく》や小皿が乱雑に散らばっていて、そのそばには白い粉や枯れた葉などがいくつも置いてある。

アシュレイが、それらをつまみながら言う。

「月桂樹《げっけいじゅ》の葉に樟脳《しょうのう》、こっちは塩だな」

それから、床に伏せるようにして落ちていた本を拾い上げると、「これが」とおもしろそうに言った。

「例の『イブの林檎《りんご》』か」

ページを繰ったアシュレイが、「どうやら」と告げた。

「一通り、必要なものは揃《そろ》っていそうだな」

するると、もの珍しそうにあたりを見まわしていたマーカスが、「だけど」とおずおずと申し出る。

「こういった儀式の場合、生贄《いけにえ》が必要だろう？」

たしかに、そのとおりであったが、アシュレイはあっさり否定した。

「この儀式では、必要ない。――実際、生贄は、好む相手と好まない相手がいるということを覚えておくといい」

「へえ」

「そんなことより」

片手を伸ばし、彼はてきぱきと指示を出していく。幸い、地下室といえども、暖房がきいているようで、凍えるほどの寒さではない。マーカスなどは、コートを脱いで動き出したくらいである。

「そこの蠟燭に火を灯《とも》せ。それから、あっちにあるナイフと杖を浄化しろ」

「わかった」

「え、でも、浄化って、どうやってやるんだ？」

あたふたするマーカスとルイ＝フィリップに、アシュレイが説明する。

「そこに、ミントやローズマリーの束があるだろう」

「……ミントやローズマリー」

「それを、新しく汲《く》んできた水に塩を入れて浸し、水打ちすりゃいい」

「水に塩……」

必死でやることを復唱するマーカスをそのままに、アシュレイがルイ＝フィリップに向かって言った。

「お前は、そこにあるアロエやエゴノキ、ベンゾインを燃やして香を焚《た》け」

「アロエ、エゴノキ、ベンゾイン……？」

繰り返すものの、すぐに混乱した二人が口々に叫んだ。

「わからない。ミントってどれだ？」

「ベンゾインってなんだよ？」

右往左往する二人に対し、まずはユウリが、ローズマリーやミントの束を壁のフックから外して、マーカスに渡す。

「これが、ローズマリーとミント」

「──あ、どうも」

受け取ったマーカスが、聖水盤《サンクス》を抱えて水を汲みに行く。

その間、シモンは、近くに並んでいた瓶を順番に取り上げ、ラテン語で書かれた説明書きを読んでから告げた。

「こっちにあるのが、アロエやエゴノキ、ベンゾインなどの混合物のようなので、これを燃やして香を焚けばいいのでは？」

「へえ。すごいな。ラテン語、サクサク読めるんだ」

ルイ＝フィリップが感心しながら受け取って、作業を始める。

そうして、彼らが辛うじて働いている間、アシュレイは床に描かれた魔法円を入念にチェックしていた。

ユウリがいる限り、それらの魔法円さえしっかりしていれば、あとはなにも必要ないことはわかっているのだが、儀式をそれっぽく見せるためにも、マーカスやルイ＝フィリップにやらせている作業が不可欠なのだろう。

ややあって、焚かれた香の匂《にお》いが地下室に充満し始めた。

着々と準備が整う中、新たにいくつか魔法円を描いたアシュレイが、ユウリとシモンを呼び寄せ、こっそり別の段取りを告げる。

「わかっていると思うが、これから俺が儀式を主導し、他の奴《やつ》にも復唱させて気を逸《そ》らせるから、その間に、ユウリは、この魔法円の中でいつもどおりのやり方で儀式の続きを再開させろ。――いいか。かんじんなのは、儀式の続きを再開することだからな。それに集中するんだ」

「わかりました」

真剣な面持ちでうなずくユウリに、「ただ」とアシュレイが忠告する。

「あまりに早く取りかかり過ぎても、彼らがお前のやっていることに気づく危険性があるから、しばらくは様子をみていろ。俺は何度か同じことを繰り返すので、三度目に先頭に戻ったあたりでいいだろう」

「三度目……」

覚束なげに繰り返すユウリを見おろしたシモンが、アシュレイに視線を移して訊いた。

「だけど、そんな悠長なことをしていて、その前に、『アガリアレプト』が現れたら、どうするんですか？」

技量さえあれば、悪魔がやってくることは実証ずみだ。つまり、この場にユウリがいることで、その儀式がしっかり機能する可能性はなきにしもあらず、なのだ。

もっとも、それについても、アシュレイは前もって考えていたらしく、「別に」とあっさり返した。

「問題ない。どうせ呼び出すつもりだったんだ。むしろ、手間が省けて万々歳だろう」

「なるほど」

納得するシモンの前で、アシュレイがユウリの鼻の頭に指を突きつけ、「そうそう、ユウリ」とかんじんなことを伝える。

「途中、なにがあっても、魔法円から出るなよ」

「……わかっています」

答えながらえらく自信がなさそうにしているユウリからシモンに視線を戻し、アシュレイは返した指を胸元に突きつけて言った。

「お前は、ユウリと一緒の魔法円に入って、こいつから目を離すな」

「もちろん。言われなくとも、離しませんよ」

儀式に夢中になったユウリが、まかり間違って「Cahol《カオル》」の二の舞を演じてしまったら大変なことになる。

了解しているシモンが、そこで周囲に視線をやり、「だけど、そもそも」と根本的な疑問を呈す。

「本当に、こんなことをやる意味があるんですかね？」

「は。つべこべ言うなら、帰ってもいいぞ。——所詮《しょせん》、お前はオマケに過ぎない」

ピシャリと言われ、不満そうに睨《にら》み返《かえ》したシモンだったが、ユウリが残る限り、一人で去るという選択肢はない。

そこで、ユウリを見倣い、当分は辛抱強く振る舞うことにした。

やがて、アシュレイが合図の鈴を鳴らし、厳かな雰囲気の中、マーカスたちが言うところの「高等魔術の儀式」が始まる。

蠟燭の明かりだけが頼りという地下室の暗がりの中——。

ぶどう酒の入った小鉢を取り上げたアシュレイが、ゆっくりと唱える。

「エウファス　メタヒム　フガティヴィ　エタペラヴィ」

すぐに、マーカスとルイ＝フィリップが唱和する。

「エウファス　メタヒム　フガティヴィ　エタペラヴィ」

念のため、シモンも適当にそれに合わせた。

もちろん、二人の意識をユウリから逸らすためであったが、マーカスもフィリップも自分たちのことで手一杯でまわりのことにまで目がいっていないようである。

というのも、アシュレイが彼らの魔法円をわざと小さく作って、儀式の間じゅう、足下ばかりに注意が向くように仕向けたからだ。

なんともあざといやり方である。

そのアシュレイが、朗々と言葉を繋《つな》ぐ。

「我が欲するところの霊、偉大なる地獄の指揮官よ。天の玉座に座る全能者の普遍なる力を得て、我は汝《なんじ》をここに呼び出す。神聖なるアドナイ、エル、エロイム、エロエ、ゼバオス、エリオン、エシェルス、ヤー、テトラグラマトン、シャダイ等々。これら力のある名において、今、我が汝に命ずる。たちまちのうちに現《あらわ》れ出《い》でて、我らの願いを聞き入れよ」

それに続き、同じ台詞《せりふ》を、マーカスとルイ＝フィリップが必死でなぞる。

その間、ユウリはジッと闇《やみ》の奥を見つめていた。

あたかも闇の続きであるかのような漆黒の瞳が、静かに空間を捉《とら》える。

呼応するように、あちこちでゆらゆらと揺れ動く蠟燭の明かりが、そのオレンジ色の瞬きをユウリの瞳の中にも宿していった。

ゆらゆら。

ゆらゆら。

揺らめく明かりが、闇を揺らす。

ゆらゆら。

ゆらゆら。

かたわらで、儀式は滞りなく進み、反響する声までもがゆらゆらと揺らいでいく。

ゆらゆら。

ゆらゆら。

それを見ているうちに、ユウリの中では、闇と、蠟燭の明かりと、部屋の中を漂う唱和がしだいに一つに重なっていき、同調しながら揺れ始めた。

ゆらゆら。

ゆらゆら。

「エウファス　メタヒム　フガティヴィ　エタペラヴィ」

アシュレイが、三度目の繰り返しに入る。

そのことを教えるために、シモンが軽くユウリの肩を叩《たた》いた。

だが、ユウリは動かない。

動かずに、闇の奥を見つめている。

そこで、シモンも水色の瞳を闇の奥へとすえてみる。

と、ほぼ同時に。

「来る――」

小さく呟いたユウリが、シモンの手の下で緊張をみなぎらせた。

シモンが目を凝らすと、たしかに、闇の中になにかがいた。

それは実に不可思議な感覚で、同じ闇であるはずなのに、シモンが見ている場所だけ闇の深さが変わったように思われた。

それを、どう表現すればいいのか。

グググッと空間が奥行きを持ち始め、そこに朧《おぼろ》な人影が現れたのだ。

最初こそよくわからなかったが、それは徐々に人の姿を取り始め、やがて白い衣裳《いしょう》を身にまとう中年男性になった。

その頃になって異変に気づいたらしいマーカスが悲鳴をあげ、ルイ＝フィリップが驚きとともに、その名前を呼ぶ。

「『Cahol』！」

呼ばれた男が、キョロキョロとあたりを見まわす。

どうやら、彼のほうからはこちらが見えていないらしい。

しかも、たしかにそこに姿が見えているというのに、暗がりの中にぼんやりと浮かび上がる様子はなんとも現実味を欠いていて、あたかも彼のホログラムを見せられているかのようである。

声も、水の中で聞くようなくぐもったものにしかならない。

その声で、彼は必死に訴えた。


「誰か、私を呼んだか？

誰でもいい、タスケテクレ。

私を、ここから連れ出してくれ！」


「見ろ、『Cahol』だ！」

ルイ＝フィリップが言う。

「彼が、助けを求めている。──おい、こっちだ、『Cahol』。こっちに来い！」

どうやら、声だけは通じるようで、「Cahol」が彼方《かなた》で必死になるのがわかる。

「どっちだ？

どっちに行けばいい？

どうしたら、戻れるのか、わからないんだ！」

だが、訊かれたところで、彼らにも答えられない。

どうしたらいいかもわからないし、そもそも、魔法円から出られない状態では、彼らにできることはない。

しかも、「Cahol」の出現に気を取られているうちに、いつしか地下室の中は凍えるほどの寒さになっていて、香の匂いに別の香りが混じり込む。

それらを冷静に観察していたアシュレイが、底光りする青灰色の瞳をあたりにやりながら呟く。

「……どうやら、御大のお出ましのようだ」

闇の中に凝《こご》る魔の気配――。

ややあって、彼は闇に向かって声高に問いかけた。

「そこに現れ出でたのは、地獄の指揮官、アガリアレプトで間違いないな？」

とたん。

――然り。

人のものとは思えない声が、空間を揺るがした。

2

その声が響いた瞬間。

マーカスとルイ＝フィリップは、魔法円の中で固まった。わずかでも動いて、そこからはみ出てしまうのが怖かったのだろう。

そんな彼らを尻目《しりめ》に、アガリアレプトの声が殷々《いんいん》と響く。


――して、我を呼び出してまで、きさまらはなにを願う？


「ひっ」

誰かが声をもらした。

おそらく、マーカスだ。たしかに震えるほどの恐ろしさで、できることならすぐにでも逃げ出したいはずである。

それだというのに、アシュレイは、相も変わらず高飛車に答えた。

「途中になっていた儀式の続きを――」

――ほお。儀式の続きとな？

「そうだ。それでもって、隠された真実を露《あらわ》にしたい」

――だが、そんなことをして、こちらになんの得があろう？

それは、相手が暗がりで舌なめずりをしているのがわかるような声音だった。姿が見えないだけによけい恐怖心をあおり、ふつうの神経をしていたら、それだけで動揺して貧血の一つも起こしかねない。だが、倒れたら最後、魔法円から身体《からだ》がはみ出し、次に気づいた時は魔界に連れ去られている。

そんな緊迫の状況にもかかわらず、アシュレイは、相変わらず傲岸不遜《ごうがんふそん》な態度を崩さずに言い返した。

「また強がりを。――そうやって知らぬ顔をしようとしているが、その実、お前は知りたいはずだ」

――なにを？

「隠された真実。——暴露が中途半端のままである限り、お前は満足できないはずだな？」

それに対する返事を得ないまま、アシュレイが「もっとも」と続けた。

「真実を明らかにするためには、まず魔界に連れ去られた者をここに呼び戻す必要があるわけだが、お前にその力があるか否か」


——これは、異なことを。わが力を疑う気か？


ひんやりとした怒りが、相手の口調に混じり込む。

マーカスとルイ＝フィリップは、魔法円の中でガタガタと震えながら「もう、やめてくれ」と本気で願っているようだったが、おそらく、あまりに怖すぎて声を出せずにいるのだろう。

承知のうえで、アシュレイは言った。

「疑うもなにも、俺は、そもそもお前の力を知らない」

さらに、「あんがい」と、相手の怒りをあおるように挑発を続ける。

「できないから、とぼけているとか？」

その瞬間、相手の怒りが炸裂《さくれつ》する。

──なんだと？

──言うにこと欠いて、人間風情《ふぜい》が我を愚弄《ぐろう》するとはな。

──許すまじ！


これには、マーカスやルイ＝フィリップだけでなく、さすがのユウリやシモンも警戒を深める。

（──まったく）

いつでもユウリを守れるように全身に緊張をみなぎらせながら、シモンは闇に浮かび上がるアシュレイの姿を睨みつけた。

これでは、もはや、魔王同士の喧嘩《けんか》だ。

傲岸不遜もけっこうだが、せめて相手を選ぶ気にならないものか。

それが災いしたとして、本人は自業自得に過ぎないが、巻き込まれたほうはたまったものではない。

だが、もちろん、アシュレイはまったく気にせずにのたまう。

「できるというなら、今すぐやってみろ。──もし、お前が、その三角形の中に連れ去られた人間を呼び戻すことができたら、俺も、お前に代わって、隠されていた真実を暴いてやる」

——ほお？

相手が、挑発に乗って訊き返した。

——大口を叩いたな。

——だが、できなければ、どうする気だ？

「その時は、お前の好きにしたらいい。うまくすれば、一気に五人の魂が手に入る」

勝手に全員分の魂を天秤《てんびん》にかけたアシュレイが、「だが」と平然と言い放つ。

「お前は、きっと満足して帰るさ。その際、嘘《うそ》偽りはなしだ。——万が一、それに違反した場合は、天の諸力がお前を縛るから、心しておけ」

アシュレイの言葉に対し、アガリアレプトは実行で示した。

それまで実体を伴わずに暗がりに浮かんで見えていた「Cahol」が、ふいに三角形の魔法円の中にはっきりとその姿を現したのだ。

それはあまりに唐突で、本人にも、なにが起きたのかわからなかったようだ。

それで、最初のうち、三角形の中に座り込み子供のようにキョトンとしていたが、こちらはこちらでひどく驚いた表情で彼を見つめているルイ＝フィリップやマーカスの顔を見た瞬間、状況を理解して声をあげた。

「なんと！」

「Cahol」が狂喜乱舞して言う。

「私は戻れたのか⁉」

さらに、自分の両手を見おろして続ける。

「戻れたんだな。――本当に、戻れたんだ⁉」

だが、当然、事態はそこまで楽観視できない。

それを、アシュレイが教える。

「悪いが、喜ぶのは早い。お前は、まだ儀式の途中だ」

「なんだって？」

振り返った「Cahol」が暗がりに佇むアシュレイの姿を見て、「儀式の」と言いかけた言葉を呑《の》み込《こ》んだ。そのままジリジリとうしろにさがったところをみると、どうやらアシュレイのことを、自分を連れ去った悪魔と勘違いしたらしい。

警戒する相手を底光りする青灰色の瞳で眺めたアシュレイが、「いいか」と念を押す。

「言ったように、お前はまだ失敗した儀式の途中にいる」

「儀式の途中？」

「そうだ。つまり、隠された真実が明らかにならない限り、お前の魂はこの世界に戻れないということだよ」

「バカな！」

叫んだ「Cahol」が、「私には」と主張する。

「なにも隠していることなどない！」

「へえ、そうか？」

「そうだ。――それに、こうして戻ってきたからには、私は同じ過ちは繰り返さないからな。悪魔など、恐れるに足らない」

事実、彼は安全な魔法円の中にいるのであれば、その主張は正しい。

今さら、隠し事を暴露する必要はないだろう。

これは、珍しくアシュレイの凡ミスかと思われたが、当然、そんな開き直りは想定内だったようで、アシュレイは口の端を引きあげて意地悪く告げた。

「なるほど。たしかにお前の言うとおりかもしれないが、一つ残念なことに、俺はついうっかり書き損じをしてしまってね」

「書き損じ？」

「ああ。――おかげで、その魔法円は完璧《かんぺき》ではない」

「……なんだと？」

ギクリとして足下に目を落とした「Cahol」が、「どこが……」と言いながら、必死で足りないものを探す。

その様子を楽しそうに見ながら、アシュレイは続けた。

「それを完璧なものにするためには、ある場所に一文字足す必要があるんだが、お前がここで隠している真実を告げたら、その一文字を教えてやってもいい」

「きさま」

歯ぎしりしそうな声で応じた「Cahol」が、怒りを込めてアシュレイを睨む。

「なんの恨みがあって――」

「あるさ、もちろん」

たしかに、「Cahol」が知らないだけで、そのことはすでに他の人たちの前では明言されていた。すなわち、組織として、アシュレイにちょっかいを出したことが罪であり、かつ運の尽きであった。

禁忌は冒すべからず。

それは、魔界であろうが人間界であろうが、変わりはないということだ。

そして、この瞬間、どれほど「Cahol」が怒ろうと、数ある魔法円を細部に至るまで完璧に覚えていなければ、足りないものを補足するのは不可能であり、残念ながら

「Cahol」に勝ち目はない。

いつもながら、実にあざといやり方といえよう。

さすがにシモンも哀れな男に若干同情してしまうが、悪知恵にかけては悪魔にも引けをとらないアシュレイなどはまだ足りないとばかりに、「重々承知のこととは思うが」とさらに「Cahol」を追い詰める。

「もし、お前がこのまま口をつぐんでいるというのなら、話は終わりだ」

「――終わり？」

「そう。お前はふたたび魔界へと連れ去られ、金輪際、こちらに戻ることはない。――というつまりが、最後通牒《つうちょう》だ」

「――！」

言葉を失《な》くした「Cahol」に、アシュレイが畳みかける。

「さあ、どうする、『Cahol』。――いや、この際、もはや、パトリック・ペリンと呼んだほうがいいのか」

まず一つ。

本人がみずから告白する前に名前を暴かれたパトリックが、すでにそれが彼らの間では周知の事実となっているとも知らずにハッとして顔をあげ、やがて観念したように訊き返した。

「……それで、君は、なにが知りたいんだ？」

「もちろん、お前が作り上げた『ＰＰＳ』についての真実だ」

「『ＰＰＳ』の……」

「ああ。──言いにくいようなら、俺が誘導してやってもいいぞ？」

まるで、すべてお見通しであるような言い方をされ、パトリックが肩を落として首を振った。

「いや、いい。私の口から話そう」

今や、すっかり打ちひしがれ、疲れ切った中年男に成り下がったパトリックが、そう告げて語り出す。

「君の言うとおり、私は重大な真実を隠していた。──というのも、諸君が知っている『ＰＰＳ』という組織は、今では完全に形骸化《けいがいか》していて、会員なんて、この世にほとんど存在していないんだ」

「──なんだって!?」

「存在していない──!?」

3

突如、明らかになった真実に対し、驚いたのはマーカスとルイ＝フィリップである。

まさに、青天《せいてん》の霹靂《へきれき》だ。

とっさに魔法円から出そうになったが、ギリギリのところで踏みとどまり、その場で口々にパトリックを問い詰める。

「存在していないって、どういうことだ？」

「そうだ、説明してくれ！」

それに対し、ルイ＝フィリップからマーカスに視線を移したところで、パトリックが「君は」と確認する。

「マーカス・フィッシャーか？」

「ああ」

「それなら、君が暴露記事に書いたように」

マーカスを顎で示しながら、パトリックは続けた。

「その創立はおよそ百年前にさかのぼり、一時期、かなり大きな組織にまで膨れ上がったんだが、二十世紀後半、知ってのとおり、世相が科学一辺倒に陥り『オカルト』という言葉が時代錯誤的で陳腐なものとなるにつれ、会員は激減した。それで、わが家も手を引くことにしたようで、一時は完全に消滅していたんだが、それを私が再建した。もちろん、そうすべき理由があったからなんだが、以前に比べ、世の中にオカルトブームが戻ってきたことも、それを後押ししてくれた」

たしかに、ネット社会の広がりとともに、世の中にはふたたびオカルトブームのようなものが来ている。不思議な現象を捉えた映像などを共有しやすくなったことで、その間口が広がったせいだろう。

パトリックが、「だが」と残念そうに続けた。

「実際はといえば、現実はそれほど甘くなく、会員を募るのも簡単ではなかった。あれこれ苦心して世界中に会員がいるように見せかけたものの、言ったように、その数は限りなくゼロに近く、まともに活動しているのは、君たちを含めた数人くらいのものだよ」

「まさか！」

「いや、だけど」

マーカスと顔を見合わせたルイ＝フィリップが、「ほら」と続ける。

「日本にもいたじゃないか」

「ああ。たしかに、いたな。一人を除いて、みんなアメリカやイギリスからの留学生だったんだが」

苦笑して認めたパトリックが、説明する。

「彼らのことは、私が直接声をかけて集めたんだよ。というのも、以前、『P．ペリン』の名で書いた秘密結社についての本が日本で翻訳されることになり、その打ち合わせついでに、欧米の秘密結社の歴史についてあちらのカルチャーセンターで講義をすることになったんだ。彼らは、その講義を聴きにきた青年たちで、『PPS』にも興味を示し、すぐに打ち解けた。それで、しばらくは会員として熱心に活動してくれていたんだが、あのあと向こうでいろいろあったらしく、まったく連絡をよこさなくなったよ」

「そんな……」

絶句したルイ＝フィリップに代わり、マーカスが「それなら」と切り込む。

「十三番目の椅子《いす》というのは？」

「それは、君たちの競争心をあおるために作った架空の椅子だ。『Dのリスト』にあるものを集めるのに、そのほうが活気づくと思ってね。——もちろん、以前は本当にあったものなんだが、それでいったら、今や座り放題だ」

なかば笑いながらの発言に、マーカスとルイ＝フィリップが気の抜けたように言い合う。

「だとしたら、僕たちは、なにをムキになって争っていたんだ？」

「本当に、なんのためだったんだよ⁉」

マーカスなど、そのために、危うく犯罪者になりかけたのだ。

そばで聞いていたシモンも、あまりに意外な展開に軽く眉をあげて呆《あき》れている。

ただ、途中、妙に納得できたのは、彼らの組織について、ベルジュ家のほうでいくら調べさせても、なかなか実態を摑《つか》むことができなかった点だ。

正直、その手の組織とは一線を画しているため、圧倒的に情報量が不足しているせいだと考えていたが、蓋《ふた》を開けてみれば、そうではなく、単に相手に実体がなかっただけであった。

秘密も、重ねていけば実体を見えなくする。

横の繋がりを断つことで、それは容易に実現できたのだろう。

これがビジネスのことであれば、架空カンパニーなどからなんとか辿《たど》っていけるのだが、それすらないことが、逆にネックとなったのだ。

そういう意味では、シモンも一杯食わされた。

（……まったく、やられたよ）

だが、それはアシュレイも同じはずで、だからこそ、事態を把握した際、その仕返しとして、組織が必死で集めているものの中に爆弾を仕込んで壊滅させるという手の込んだことをする気になったはずだ。

しかも、その方法が、悪魔をも手玉にとるようなものであるのだから、さすがと言おうかなんと言おうか。

酔狂も、ここに極まれり、だ。

小さく溜《た》め息《いき》をついて、シモンは話の続きに聞き入る。

「唯一の救いは」

パトリックが言った。

「君たち二人が妙に熱心でいてくれたことだ。——おかげで、集めるべきものがかなり集められた」

「ふざけんな！」

魔法円の中で地団太を踏んだマーカスが、「だいたい」と詰め寄る。

「なんだって、そんな嘘をついてまで、俺たちを巻き込んだんだ⁉」

ルイ＝フィリップがそれに続く。

「そうだよ。そこまでして集めたかったものって、なんなんだ？」

「それは——」

パトリックが言《い》い淀《よど》み、チラッとアシュレイに視線をやる。

それは、これくらいで勘弁してほしいという哀願の込められたものであったが、もちろん、アシュレイは容赦などしない。

両手を開いて、続きをうながす。

「すべて暴露する。それが、お前の呼び出した悪魔が納得する結末だ」

それを聞き、絶望的な溜め息をついたパトリックが、「そもそも」と説明し始める。

「私がこんなことを始めた理由は、例の『Dのリスト』にあるものを集めれば、わが家にかけられた呪詛《じゅそ》を解けるのではないかと思ったからだ」

すると、そこで初めて、ユウリが口をはさんだ。

「――呪詛？」

「ああ」

「どんな呪詛ですか？」

「それは、わが家に代々かけられた呪詛で、その呪詛のために、家の主は五十歳までに頭に受けた傷がもとで亡くなるといわれてきた。――事実、みんな、そうして亡くなっているし」

「そんなの、偶然だろう。あるいは、遺伝か」

病はかなりの確率で遺伝するし、最近は長寿遺伝子などの存在もわかってきている。

マーカスの指摘に、パトリックが反論する。

「もちろん、父や祖父などはそう考えていたようなんだが、二十年ほど前、かつてわが家が呪詛されたという決定的な証拠が見つかったんだよ」

「証拠？」

ルイ＝フィリップが尋ねる。

「どんな？」

「呪詛の記録だ。二十年ほど前にこのあたりを襲った地震で、旧市街にある古い家屋の壁が崩れたんだが、その壁に埋め込まれていた箱には、かつてその場所に住んでいた『エベール・ボア』という名の黒魔術師が使った魔術道具一式と、彼が行った黒魔術の記録が入っていた」

パトリックの告白に対し、マーカスが訊く。

「なら、そこに、あんたの家に施した呪詛のことが書かれていたってことか？」

「そうだ。私は、その記録をオークションで競り落とした人物を探し当て、中身を読ませてもらったからな」

つまり、呪詛が本当に機能しているかどうかはともかく、呪詛をかけられたという事実だけははっきりしているということだ。

納得したらしいルイ＝フィリップが、「だけど」と問う。

「それと『Dのリスト』がどう繋がるんだ？」

「『Dのリスト』か……」

パトリックが、遠くを見るような目をして応じた。

「以前、君たちには教えたように、あれが悪魔召喚などにおいて実効性のある呪物《じゅぶつ》のリストであるのは間違いない。かつての『ＰＰＳ』が精査し、その存在が認められたものばかりだからな。しかも、それらの中には、敵にかけられた呪詛を無効にするものもあるといわれていて、先祖は、それを探し出そうと苦心していたようだ。──私も然り」

そこで一息つき、「だが」と続ける。

「一人で全部を探すにはどうしても限界があったので、手足となって働いてくれる人間を見つける必要があった」

「はっ」

マーカスが鼻を鳴らして言い返す。

「それでまんまと引っかかったのが、俺たちってわけか」

言ったあとで、なにかに気づいたように続けた。

「ベイは？」

ここにいない仲間の名前をあげて、さらに訊く。

「あいつだって、同じだろう？」

だが、意外にも、パトリックは首を振って否定した。

「いや。彼はちょっと特殊で、自分から我々を捜し出して接触してきたんだ。どうも、彼自身、我々と同じように、なにかを探しているらしくてね」

その一瞬、そばにいたアシュレイが、青灰色の瞳を光らせる。どうやら、アシュレイにしても、その情報は初めて耳にしたらしい。

その間にも文句は続き、ルイ＝フィリップが完全に見切りをつけた口調で言い返した。

「我々――じゃなくて、あんただけだろう」

「え？」

「だから、探しものをしていたのはあんただけで、僕やフィッシャーにはまったく関係のない話だった。僕たちは、騙《だま》されて幻を追いかけていたに過ぎない。――ホント、馬鹿《ばか》だったよ。イヤになるね。その力があれば、なんでも欲しいものが手に入るなんておとぎ話を信じて」

それはたしかに、愚かな話である。そんな万能な力など、神以外に持ちえないと、どうしてわからなかったのか。

肩をすくめるシモンの前で、パトリックが謝る。

「本当に申し訳なかった。謝ってすむもんでもないだろうが、私も必死だったんだ。それは、わかってくれ。ペリン家にかけられた呪《のろ》いを解かなければ、私はもうじき死ぬことになる」

同情心をあおるように告げたパトリックだったが、それすらも、アシュレイは台なしにする。

「なるほど。それで、今回、フィッシャーの裏切りをいいことに、彼にその呪詛を転移させようとしたわけか」

　ハッとしたパトリックの前で、マーカスが驚いたように繰り返す。

「転移？」

「ああ。タイミング的に考えて、お前を悩ませている現象は、こいつが、連れ去られる間際にアガリアレプトに願って転移させた呪詛のせいだろう。――なにせ、こいつの本当の願いは、そこにあったんだ」

　たしかに、パトリックの話を総合すると、すべての発端には、呪詛を自分の上から取り除きたいという願望があったことになる。つまり、アシュレイの指摘はもっともで、その瞬間、マーカスの中でなにかが弾《はじ》けたようだ。

「――きさま！」

　我を忘れたマーカスが魔法円を飛び出し、パトリックに躍りかかった。

　それを見て、ルイ＝フィリップが「あ」と焦りの声をあげたが、魔法円から出たにもかかわらず、もつれこんで床に倒れた二人が目の前から消え失《き》せ《う》ることはなかった。

　それもそのはずで、いつの間にか、地下室からは魔界の気配が消えていた。

　それは、ユウリがいち早く察していたことである。

　先にアシュレイが話していたとおり、「アガリアレプト」という悪魔は、隠されていた真実が明らかになると満足して退散するらしく、アシュレイが呪いの転移について触れたあたりから、徐々にその気配が消え始めた。

そして、今や、地下室は雑然としたただの地下室となり、床の上ではひたすら空《むな》しい喧嘩が続いている。

それを軽蔑《けいべつ》するように見おろしていたルイ＝フィリップが、魔法円を出てもなにも起こらないと確信したところで、ふいに踵《きびす》を返して歩き出した。

その後ろ姿に向かい、シモンが問いかける。

「どこに行くんだい、アルミュール？」

「もちろん、帰るんだよ。バカバカしい。それでもって、君たちとは二度と顔を合わせたくない！」

「――同感だね」

シモンが答え、そのまま、止めることなくルイ＝フィリップを見送る。

その間も、床の上の攻防は続いていた。

マーカスが、パトリックの首を絞めつけながら言う。

「おい、呪詛を取り消せ！　取り消せよ！」

「苦しい。……放せ」

「いいから、取り消せ！」

「……そうしたくても、やり方がわからないんだ。――頼む……から、放して……くれ」

「うるさい。なんとかしろ！」

力を緩めないまま襟元を摑んでパトリックを引き起こしたマーカスが、本気で脅す。

「それとも、その前に、俺が絞め殺してやろうか⁉」

「……やめ」

消え入りそうなパトリックの声に、シモンの声が重なる。

「フィッシャー、やめないか」

それから、マーカスを背後から押さえて続けた。

「そんなことをしたところで、君への呪詛が消えるわけでもないだろうし」

ユウリが「そうだよ」と同調する。

「それより、もし、本当に呪詛をどうにかしたいのなら、むしろ彼を放して、その呪詛について、もう少し詳しく教えてもらったほうがいいと思う」

とたん、マーカスがピタリと動きを止め、意外そうにユウリを振り返った。

「呪詛をどうにか？」

「あ、えっと」

「つまり、俺に転移させられた呪詛をどうにかできるということか？」

「それは――」

とっさに返答に詰まったユウリに代わり、マーカスから手を放したシモンが応じる。

「ユウリが言っているのは、そうやって意味もなく暴力を振るう前に、みんなで呪詛について考えてみようということだろう。──いわば、親切心だ」

「そのとおり」

加担する形で口をはさんだアシュレイが、さりげなくユウリの襟足を引っぱって後ろにさがらせた。それは、他でもない、ユウリの軽率な言動を責める、ある種、警告を含んだ動きであった。

それから、改めて告げる。

「そもそも、呪詛なんてものは、根本となっている呪詛の道具──呪物を見つけて処分するに限る。──もちろん、強力な魔術師であれば、呪詛をかけた相手に呪詛をかけ返して始末することも可能だろうが、それだって、相手が生きていればこその話で、今のお前には当てはまらない」

「じゃあ、どうしろってんだ?」

キレ気味のマーカスに対し、アシュレイが冷たく言い返す。

「だから、こいつから詳しい話を聞きだそうというんだろうが」

だが、底光りする青灰色の瞳で見つめられたパトリックは、首を横に振りながら困惑したように訴えた。

「そう言われても、よくわからない。例の二十年前に見つかった記録にも、ペリン家に対し『メルキザデックの栄光の生贄』という呪詛を行ったとしか書かれておらず、詳細については不明のままだ。──まして、それがどこにあるかなんて」

だからこそ、他の魔術で対抗しようとしたのだろう。

それに対し、アシュレイが「だが」とヒントをあげる。

「呪詛が確実に機能するためには、お前たちが日常的にそれと接している必要があるわけで、それから考えれば邸内にあることは間違いない」

「……邸内に？」

「ああ」

そこで、小さく口の端を引きあげたアシュレイが、「俺が」と続ける。

「見つけてやってもいいが、そのためには条件がある」

「なんだ？」

「『イブの林檎』をもらう」

「それは──」

パトリックは返答に窮するが、そもそも彼に選択権はない。

そのことを、アシュレイが教える。

「考えるまでもないだろう。命さえ繋がれば、お前は好きなことができるんだ。そのための投資と思えば、蔵書の一冊くらいなんてことないはずだ。──言っておくが、転移した呪詛が、お前の上から確実に消え去ったという保証はどこにもないからな。蓋を開けてみたら、二人とも死んでいる可能性だって大いにありうる」

「そうだよ。本の一冊くらい、くれてやれ！」

横からマーカスが言い、ついでに脅すように拳《こぶし》を振りかざした。

ビクリとしてかわそうとしたパトリックが、ややあって渋々認める。

「わかった。わかったから持っていけ」

「それから」

「まだあるのか⁉」

慌てたパトリックに対し、アシュレイが床の上の魔法円を指さしながら命令する。

「俺たちが戻るまで、お前たちは、その魔法円の中から動かないこと」

「え？　――たちって、俺もか？」

一緒にくくられたマーカスが驚いて訊き返し、その理由を問う。

「なんで？」

「なんでもなにも」

アシュレイが、親切ごかしに説明する。

「これは、お前たちのために言っているんだが、呪詛のもととなっているものを見つけ出して処分する際、そこに宿っていた悪霊や怨霊《おんりょう》の類《たぐ》いが、最後にお前たちを道連れにしないとも限らない」

「まさか――」

嘘かまことか。

わからないまま蒼白《そうはく》になった二人に対し、アシュレイが「だから」と床の上を指さして
再度告げた。

「俺たちが戻るまで、お前たちはそこでおとなしくしているんだ。――わかったな？」

4

邪魔な二人を置いて地下室を出たところで、アシュレイが立ち止まり、「そうそう、ベルジュ」と残る邪魔者を名指しして告げた。

「お前は、ここで、あいつらが部屋を出ないように見張っていろ」

「――ご冗談でしょう？」

氷のように冷たい眼差《まなざ》しでアシュレイを見返したシモンであったが、アシュレイはまったく動じない。

むしろ、揶揄《やゆ》するように言い返した。

「俺が、冗談を言っているように見えるか？」

その間、一緒に立ち止まろうとしたユウリの後頭部を押しやるようにして無理矢理歩かせながら、彼は理路整然と続ける。

「言っておくが、万が一、あいつらがあとを追ってきて、このあと、ユウリがやろうとしていることを見たら、どうなると思う？」

「それはそうですけど」

痛いところをつかれたシモンが、迷うような視線をユウリにやりながら懸念を示す。

「でも、だからといって、貴方《あなた》と二人きりにするのは――」

「この期に及んで危険だとでも言う気か？」

シモンの言葉を引き取る形で応じたアシュレイが、挑発的に言い返す。

「だが、だからといって、お前に俺の代わりは務まらない。それくらい、わかっているだろう？」

「それは――」

言葉に詰まったシモンに対し、数歩先にいたユウリが言う。

「大丈夫だよ、シモン。なにも心配ないから」

「だけど、ユウリ」

言い募るシモンを遮って、ユウリが説明する。

「さっき、少し話したけど、僕が探しているのは、悪魔のような存在ではなく、なんとか戻ろうとしている魂だから、まったく危ないことはない。おそらく、それを見つけて、解放してやればいいだけなんだ。――もっとも、だからといって、シモンをこんな淋《さみ》しいところに一人で残していくのは、僕も嫌なんだけど」

「そんなことは、どうでもいいんだよ、ユウリ。君のためなら、僕は地下室だろうが荒野だろうが、一晩じゅうでも見張りをするさ」

言い切ったシモンに対し、アシュレイが「だったら」と意地悪く告げる。

「つべこべ言わずに、見張り番をしていろ」

言うなり、ユウリの背中を押すようにして歩き出す。

そんな強引さに対し、後ろ髪を引かれるように暗がりに立ち尽くす高雅な姿を見つめていたユウリは、角を曲がったところで「だから、アシュレイ」と嚙《か》みついた。

「どうして、いつも、シモンに対してあんなひどい言い方をするんですか?」

「なにが?」

「とぼけないでください。シモンだって、傷つくんですよ?」

「そりゃ、こっちの思《おも》う壺《つぼ》だね。――あいつのルシファー並みに高い鼻をへし折ってやるのは実に気持ちのいいことだし、あいつにもいい薬になるだろう」

「――ひど過ぎる」

ユウリが、アシュレイを見あげて真剣に訴えた。

「今さらですけど、アシュレイ、そんなにシモンのことが嫌いですか?」

とたん、片眉をあげて呆れたアシュレイが、「本当に」としみじみ言う。

「今さらだな」

「でも、どうして?」

「そんなの、生意気だからに決まっているだろう。――言っておくが、お前だって、これ以上つまらないことをうだうだ言うようなら、即刻、そのへんの窓から放り出すから、覚悟しろ」

　本気で放り出されそうに思えたユウリが黙り込むと、それで満足したのか、アシュレイが「で？」と尋ねた。

「ようやく本題に入れるわけだが、そもそものこととして、お前の用件はなんだ？」

「子供です」

　端的に応じたユウリに、アシュレイが眉をひそめて訊き返す。

「子供？」

「はい。――それも、かなり小さい」

「どういうことだ？」

　ユウリが、説明する。

「フィッシャーが僕のところを訪ねてきた時からずっと、彼の足下に子供の影のようなものが見えるんです」

「いくつくらいの？」

「わかりません。はっきりとした形を取るわけではないし、意思の疎通もまったくできないから、さすがに僕もそれ以上見通せなくて」

「ふうん」

　アシュレイは考え込みながら、ユウリの話を聞く。

「たぶん、自我がないのだと思うんですけど、だとしたら、かなり小さい――へたをしたら嬰児《えいじ》かもしれないと思って、いちおう当のフィッシャーにも確認してみましたが、彼もわからないみたいで、ただ、子供か魔物のような手形が、彼の乗っていたエレベーターについたことで怯《おび》えていたのはたしかです」

「ああ。ネットにも、そんなことを書いていたな」

アシュレイが、ここに来るまでに調べたらしい情報を呟き、「それで？」と続きをうながした。

「お前は、どうしようと思っているんだ？」

「それは、えっと、ここに来ればなにかわかるかと期待していたんですが、誰もいっさい子供の話をしないから、正直、今、すごく困っています。――ただ、間違いなく、例の呪詛にはその子供が関係しているはずで」

そこで言葉を切ったユウリが、意見を求める。

「アシュレイは、どう思いますか？」

「子供ねぇ」

答える際、彼にしては珍しく、口調に苦々しいものが混じった。

「そう言われると、一つだけ、心当たりがないわけではない」

「本当に？」

「ああ。かなりえぐい話になるが」

「……えぐい？」

繰り返したユウリが、訊き返す。

「どういった意味で、ですか？」

「呪詛した連中の方法、という意味でだ」

「呪詛した連中の方法……」

その時、二人はちょうど廊下を抜けた先にある玄関扉の前に立ったため、それを押し開いて外へ出た。

とたん、冬の夜の冷気が吹きつける。

身を切るような寒さの中で小さく身をすくませたユウリは、広い庭を眺めたあと、最終的に先ほどと同じ西洋菩提樹の上で視線を留めた。

その視線を追ったアシュレイも、暗がりに浮かび上がる巨大な木を見つめながら、「百年ほど前のことになるが」と話を再開させた。

「パトリックの先祖であるギュスターブ・ペリンは、ある組織と対立していて、おそらくそのために『ＰＰＳ』を立ちあげる必要に迫られた」

「その『ある組織』というのが、呪詛をかけた人たちですね？」

ユウリが横を見あげて確認し、アシュレイが「ああ」とうなずいて続ける。

「これは、以前にも少し触れたと思うが、当時のフランスでは黒魔術が横行していて、特に十九世紀末のパリでは、黒魔術による呪術合戦が繰り広げられていたくらいだ」

「呪術合戦――」

「それ自体はけっこう有名な話で、作家のユイスマンスもその組織に加担していた一人だ」

「本当に？」

驚いたユウリが訊き返し、アシュレイが平然と認める。

「ああ。彼は、『彼方』という小説の中で黒ミサについて触れているし、のちに、自分も敵から呪詛されたと告白している」

「……へえ」

それが事実であるとしたら、すごい話である。

著名人までもが呪詛されたと言って憚《はばか》らないあたり、当時、黒魔術がどれほど世の中に蔓延《まんえん》していたかがわかる。

ユウリがなかば感心していると――。

「ユウリ」

背後に立った人物が、ユウリを呼んだ。

振り返るまでもなく、それがシモンの声だとわかったユウリは、驚いて声をあげる。

「――あれ、シモン？」

どうしてか追いついてきたシモンに対し、アシュレイがあからさまに嫌みを放つ。

「は。職務放棄とは、さすが、わがままなお貴族サマらしい身勝手さだな。自分の欲望のためなら、ユウリが窮地に陥っても構わないと？」

「まさか」

両手を開いて応じたシモンが、「ただ」と冷静に返した。

「なにも、僕があそこに木偶《でく》の坊《ぼう》のように突っ立っていなくても、いざという時に扉が開かなければいいだけだと思ったので、向かいの物置にあったワイン樽《だる》を扉の前に積んできました」

「――なるほど」

一本取られた形のアシュレイが肩をすくめ、ややあって「まあ」と負け惜しみのように付け足した。

「このあと、力仕事になることを思えば、人手は多いに越したことはない」

「……力仕事？」

だが、それには答えず、アシュレイが「話が途中になってしまったが」とユウリに向かって説明を続けた。

「その呪術合戦の中心となっていたのが、『アベイ・ブーラン』と呼ばれた元修道士と尼僧のアデル・シュヴァリエで、彼らは、ブーランの師であった魔術師ユージェーヌ・ヴァントラスから『慈悲の御業《みわざ》』という組織を受け継ぎ、何度も黒ミサを行っている」

途中から聞くことになったシモンが、「ああ」とうなずいて呟いた。

「……それで、ユイスマンスか」

さすがに、同国人として、その名前やおおかたの経緯は知っていたようである。

アシュレイが言う。

「彼らの黒ミサは、ほとんど性的嗜好《しこう》によるものであったといわれていて、ある時、ここに『薔薇《ばら》十字カバラ団』という組織を立ちあげたスタニスラス・ド・ガイタという男が加わった」

「薔薇十字？」

ユウリが、その名前を感慨深げに繰り返す。ヨーロッパの歴史を知るうえで、無視できない名前だからだ。

ドイツで誕生したと考えられる「薔薇十字」は、その秘密めいた伝説とともにヨーロッパじゅうに広がり、数えきれないくらいの関連する秘密組織を生み出した。「秘密結社」といったら、「フリーメーソン」か「薔薇十字」というくらい代表的なものであり、末端では両者が重複することもままあったはずだ。

アシュレイが、「ただし」と言う。

「ガイタはすぐにブーランの組織に見切りをつけ、さらに、その実態を暴くために本を出す。それに怒ったブーラン側が彼らを呪詛し、また、ガイタ側からも呪詛を受けていると騒ぎたてたんだ」

「暴露本ねえ……」

それは、まるで、相手に怒って暴露記事を書き、そのことで呪われたと騒いだマーカスそのものである。

ユウリが、「それで」と尋ねる。

「彼らは、どうなったんですか？」

「どうもこうも」

アシュレイが、手をヒラヒラと振って応じる。

「呪詛があったかどうかなんて、誰にも証明できないわけで、すべてがうやむやのうちにブーランが亡くなったことで、いちおうの決着がついたとされる」

「ふうん」

「ただし、残された者たちの間では、その後も呪術合戦は続いたようで、『PPS』はそのような状況下で誕生したとみていい。――というのも、ガイタは、それより一世紀以上前から連綿と続く例の『エリュ・コーエン』の流れを汲んでいて、そのうえ、密《ひそ》かに語り継がれてきた魔術の継承者であったといわれているからな。そして、ギュスターブ・ペリンも、知ってのとおり、その流れに与《くみ》する組織の一員だったわけで、おそらくそのせいで、ブーラン側との悶着《もんちゃく》に巻き込まれ、呪詛を受ける羽目になった」

「それなら、先ほど名前があがっていた『エベール・ボア』という魔術師が、ブーラン側の組織に所属していたということですね？」

シモンの確認に対し、アシュレイが「おそらく」と認める。

一緒に聞いていたユウリが、「だけど」と尋ねた。

「そうなると、かんじんの子供は？」

今の話の流れの中には、いっさい子供の存在が見受けられない。

ユウリの疑問はもっともであり、アシュレイは「そこが」と答えた。

「問題なんだが、さっき、パトリックが、ペリン家にかけられた呪詛は『メルキザデックの栄光の生贄』によるものだと言っていただろう」

「ああ、はい。言っていましたね」

「その呪法は、ブーランが行ったことで知られていて、たしかに内容こそ明らかにされていないものの、もともとブーランは、彼が主導する黒ミサにおいて何度も人間の子供を生贄にしたことがあると考えられていて、その中には自分の子供も含まれていたというから」

「――まさか！」

驚いたユウリが、確認する。

「自分の子供を、黒ミサのために殺したってことですか？」

「ああ」

さすがに厭《いと》わしそうに認めたアシュレイが、「それを踏まえたうえで」と続ける。

「そのブーランから『メルキザデックの栄光の生贄』と呼ばれる儀式を受け継いだのだとしたら、『エベール・ボア』というその魔術師がギュスターブ・ペリンを呪詛した際、自分の子供、ないし、どこかから盗んできた幼子を生贄にした可能性がないとは言い切れない。――いや、むしろ、お前が見ているものを考えたら、その可能性は高いだろう」

「生贄……」

絶句するユウリに、アシュレイが教える。

「ちなみに、呪詛の方法の一つに、生贄の頭蓋骨《ずがいこつ》に細工を施すという方法があって、あるいは、そんな呪物が――」

ユウリが憤りとともに、あとを引き取る。

「あの西洋菩提樹の下に埋められている可能性があります」

まっすぐに腕を伸ばして宣言したユウリが、「ああ、でも、そうか！」と嘆く。

「だからだったんだ。その呪縛から解放されたくて、彼は必死で僕を呼んだ――」

ユウリの声ににじむ怒り。

ユウリがこんなふうに怒ることは、珍しい。

あまりその手の感情が湧《わ》いてこない性格をしているのだが、これには、さすがの彼も怒りが収まらない。

だが、それも当然だろう。

（最初から……）

ユウリは、やるせなくなりながら思う。

（彼は、必死だった）

必死で、誰かに救いを求めていた。

おそらく、生まれてすぐ、自我などないうちに呪いの道具として利用され、魂を封じ込められてしまったのだ。

助けを呼ぶ声すら言葉にならず、ただ波動としてユウリの心を引っぱるしかなかった。

（かわいそうに――）

どんなにか、つらかっただろう。

訳がわからないまま、苦しんで、苦しんで、苦しみ抜いたはずだ。

ユウリは吐きそうになる気持ちをどうにか抑えながら、アシュレイとシモンを見あげて決然と言う。

「僕は、絶対にその呪物を見つけたい――」

「わかっているよ、ユウリ」

シモンが静かに応じ、アシュレイが「だから」と言って笑う。

「力仕事になると言っただろう」

「――なるほど」

納得して西洋菩提樹のほうに視線を移したシモンが、「だけど、ユウリ」と念のために確認した。

「埋められているのがあの木の下であるのは、間違いないのかい？」

「うん。間違いないよ」

ユウリの確信は、揺らがない。

事実、ユウリがこの家に来て真っ先に注意を向けたものがそれであり、それ以外にないことを思えば、今さら、疑う余地はなかった。

アシュレイが言う。

「まあ、それに、呪物を隠す場所として、その家のシンボルとなるものはうってつけであることを思えば、今まで、この家の人間が、あの木の下を掘り返そうとしなかったことのほうが、どうかしている」

「そうですね」

認めたシモンに右手の人差し指を突きつけ、「涼しい顔をしているが」と、アシュレイは告げた。

「来たからには、お貴族サマにも、しっかり肉体労働をやってもらうからな」

5

空には、半月より少し丸みを帯びた月がのぼっていた。

凍《い》てつく一月の夜。

西洋菩提樹の下では、ユウリとシモンとアシュレイの三人が、それぞれ道具置き場から持ってきた鋤《すき》や鍬《くわ》やスコップを振るう音が響いていた。

ザク。

ザク。

ザク。

それは、思った以上に重労働であるようで、この寒さにもかかわらず、全員の額に汗が浮かんでいる。

しかも、コートを脱いで、近くの枝にかけたうえでの汗だ。

高価なカシミアのコートを着ていたアシュレイとシモンは、途中、単に作業の邪魔になるという理由で脱いだようだが、作業前に脱いでしまっていたユウリは、父親に買ってもらった煉瓦色《れんがいろ》のダッフルコートを汚したくない一心であったようだ。

そういう意味で、ものの大切さは、値段ではなく、誰に買ってもらったかということで決まるのだろう。

掘削はなかなか大変な作業であったとはいえ、ユウリが見当をつけただけはあり、彼らは、ほどなく目当てのものを掘り当てた。

ザク。

鍬を入れたアシュレイが、その手ごたえに手を止め、慎重にあたりの土を払う。

「おい、見つけたぞ」

それを受け、シモンとユウリが覗き込む。

そこに、小さな頭蓋骨が埋まっていた。

ただし、西洋菩提樹の根がまわりを取り囲んでいるため、掘り出すのに少々時間がかかる。百年という歳月のうちに成長した根が、頭蓋骨のまわりに伸びたためだ。だが、不思議と根っこが頭蓋骨を傷つけることはなく、あたかも、それを包み込むかのように曲がりくねって伸びていた。

「すごいな……」

ユウリが、感嘆の溜め息とともに呟く。

成長の過程で、根っこが頭蓋骨を刺し貫いていてもおかしくはなかったはずなのに、そうはならずにいた。

ある意味、自然の驚異である。

「まるで、根っこが頭蓋骨を守っているみたいだ……」

　そうしてなんとか掘り起こした頭蓋骨には、先ほどアシュレイが言っていたように、意図したような傷が九つほど入っていた。

　グロテスクとしか言いようのないものだ。

「……こんなことをして」

　ユウリが、頭蓋骨の土埃《つちぼこり》を優しく払い落としてやりながら、罵《ののし》りを込めて言う。

「やった人は、なにも感じなかったのかな？」

「感じないどころか、恨みを込めるのに夢中だったんだろう。——まったくもって愚かな連中だよ」

　つまらなそうに応じたアシュレイが、ユウリが頭蓋骨を地面におろすのを見ながら教えた。

「いいか、ユウリ。通常、その手の呪法は、一人の人間に対して行われるものだが、状況から考えて、おそらく、呪詛を行った人間は、傷をつけるたびにペリン家の未来を呪っていったんだろう。傷が九つあるということは、ギュスターブを含めた九代、たしか、ギュスターブから数えてパトリックは五代目の当主だから、ここで呪詛を断たなければ、パトリックの死後も呪詛は続くだろう。——ただし、パトリックは独身だ」

「そうみたいですね」

答えながらもアシュレイの言わんとするところを摑みきれなかった様子のユウリに対し、「つまり」とアシュレイが先を続ける。

「彼の代でペリン家が途絶えたとしても、呪詛は消えることなく、その後、この家に住みついたまったく関係のない人間を襲う可能性が高い。――そうなると、呪物はただの地縛霊に成り果てるわけで、最悪だ」

「そうか」

ようやくことの深刻さを理解したユウリが、顔をあげて菩提樹を見あげた。

「もしかしたら、それをいちばん避けたくて、必死だったのかもしれません」

「ありうるな」

認めたアシュレイが口をつぐみ、ユウリが大きく深呼吸する。

やることは、ただ一つ――。

呪物に封じられた幼い子供の魂を、解放してやることである。

ユウリが、凜《りん》と響く声で四大精霊を呼び出した。

「火の精霊《サラマンドラ》、水の精霊《ウンディーネ》、風の精霊《シルフィード》、土の精霊《コボルト》。四元の大いなる力をもって、我を守り、願いを聞き入れたまえ」

邪気のない、きれいな声だ。

なんのまじりっけもない涼やかな声が、冬の大気を震わせる。

と――。

四方から漂ってきた白い光が、まばゆいばかりの輝きを発しながらユウリのまわりをグルグルと回り始めた。それはあたかも、子犬が飼い主にじゃれつくかのようで、上下しながら楽しそうにユウリのまわりにまとわりつく。

それを見ながら、ユウリは請願を口にした。

「道の守護者、あるいは十字路の守り手よ、身勝手で無慈悲な者の手で地獄に送られたいたいけな魂をこの地に戻し、その忌まわしき定めより解き放ちたまえ。西洋菩提樹が見守る下でねじれた運命を正し、小さな魂を本来あるべき場所へと導きたまえ」

それから、手を翻して請願の成就を神に祈る。

「アダ　ギボル　レオラム　アドナイ――」

とたん。

ユウリのまわりを漂っていた四つの光が、我先にと地面の上の頭蓋骨の中に飛び込んでいき、その中で一つにまとまった。

すると、今度は穴という穴からまばゆいばかりの光が溢《あふ》れ出《だ》し、同時に、頭蓋骨を内側から熱し始めた。

まるで、核融合反応を繰り返す太陽のように――。

内部から赤々と燃え出した頭蓋骨が、ついには炎をあげる。

それに伴い、白かった表面が茶色くなって黒ずみ、ピシッと音を立ててヒビが入る。

ピシ。

ピシ、ピシ。

焼き場に放り込まれた骨のように、頭蓋骨は燃やされ、しだいに炭化し始めた。

それでも輝きは収まらず、最後にパッと光がはじけた瞬間、焼けてもろくなった頭蓋骨も粉々にはじけて空間に広がった。

と――。

ザザッと音を立てて吹き抜けた寒風が、散らばった灰を冬の空へと一気に巻きあげる。

その際、ユウリは、頭蓋骨の消えたあたりから一つの白いオーブが飛びあがり、灰と一緒にスウッと空に向かって消えていくのを目にした。

名もなき魂が、その残酷な運命から解き放たれ、天へと昇っていった瞬間である。

そうして見あげた空には、満天の星が輝いていた。

終章

翌日。

明け方にヘリでパリに戻ったユウリは、パッシー地区にあるベルジュ家の屋敷《やしき》でシモンとともに遅めの朝食をとっていた。

カリカリのベーコンにスクランブルエッグ。

湯気をあげるポタージュスープ。

色鮮やかなサラダのそばでは、焼きたてのクロワッサンが、なんとも香ばしい匂《にお》いを漂わせている。他にも果物はお皿に山積みで、ヨーグルトやフレッシュジュースもたっぷりと用意されていた。

過不足のない、素晴らしい朝食である。

温かなカフェオレを飲みながら、それらを堪能したユウリが、「ああ」と心の底から声を出す。

「幸せ〜」

「それはよかった」

応じたシモンも、「君の」と続ける。

「そんな顔を見ていると、僕も極上の気分を味わえる」

彼らがリヨンを発《た》つ際、マーカスはユウリたちと帰りたそうにしていたが、それほど甘いシモンではない。

たとえ彼がフランスに不慣れで、かつ、仲間とは仲違《なかたが》いしていたとしても、騒動に巻き込んだフランス人のパトリックがいるのだから、マーカスの面倒は彼にみてもらうのが筋であると判断した。

まして、アシュレイのことなど、誰が気にしよう。

そもそも、そのアシュレイは、気づいた時にはもう彼らのそばから消えていた。

それはいつものことなので、シモンもユウリも気にしていない。

ユウリが、「それにしても」と言う。

「あの頭蓋骨《ずがいこつ》が西洋菩提樹《ぼだいじゅ》の根に侵食されなかったのは、なぜだろう？」

そんな彼の目の先には、この家の中庭にそびえる西洋菩提樹があり、シモンもそれを見ながら言い返す。

「たしかに、不思議だったね。まるで、根っこが守っているように見えた」

「そうなんだよ」

ユウリがうなずき、「あの木は」と続けた。

「別に、これという関《かか》わりのないもののはずなのに」

するると、西洋菩提樹からユウリに視線を戻したシモンが、「ただ」と澄んだ水色の目を細めて告げた。

「西洋菩提樹は、ギリシャ神話では、叔父であるクロノスとの間にできた子供が半人半獣のケイロンだったことに恐れをなしたピリュラーが、父親オケアノスに頼んで転身した姿であるといわれているんだ」

「ふうん」

話の帰結がどこにあるのかわからないまま、ユウリはシモンの左右対称で寸分の狂いもなく整った顔を見つめる。

朝日の中で見るシモンは、なにもかもが完璧で隙《すき》がない。

シモンが、「しかも」と続けた。

「このクロノスというのは子殺しの神として有名で、話に出てきたケイロンは医学に通じた神となったとはいえ、ピリュラーの化した姿といわれる西洋菩提樹が、親の犠牲となった子供に同情し、その魂を見守っていた可能性はなくもない」

「なるほど、たしかに」

うなずいたユウリが、「そう聞くと」と漆黒の瞳《ひとみ》を翳《かげ》らせる。

「あの時、あの家で僕を呼んだのは、幼子の魂ではなく、もしかしたら西洋菩提樹のほうだったのかもしれない」

「そうだね」

認めたシモンは、「それでなくても」と続ける。

「西洋菩提樹は『奇跡を呼ぶ木』と考えられているから」

「そうなんだ？」

知らなかったユウリが、「だとしたら」と言う。

「フィッシャーたちも、これを機に、まっとうな人生を送れるようになるといいな」

かつて自分を傷つけようとした人たちの幸福を、なんのわだかまりもなく心から願えるユウリ。

シモンは、その寛大さを自分も少しは身につけようと、果物に手を伸ばしながらしみじみ思う。

冬の白々とした陽射《ひざ》しが、そんな彼らをやわらかく包み込んでいた。

あとがき

今年の夏は、暑かった。

本当に、びっくりするくらい暑くて、さすがの私も冷房三昧の日々でした。

ただ、そうなってくると、今度は、いったいどのタイミングでエアコンを休ませてあげたらいいのかがわからなくなってきて、考え過ぎた挙句、日中の一番暑い時に窓を全開にして扇風機をかけながら仕事をしてみたりと、あまり正しい使い方ができていなかった気がします。

そんな中、みなさんは、いかがお過ごしでしたでしょうか。

こんにちは、篠原美季《しのはらみき》です。

前回、前々回と自選集が続いた上、そのあと半年のブランクがあり、結局、本編としてはほぼ一年ぶりとなる『愚者たちの輪舞曲《ロンド》　欧州妖異譚24』をお届けしました。

そして、帯などで告知されているように、次回が「欧州妖異譚」シリーズの最終回となります。びっくりですよね。

思えば、去年の秋、まだコロナなど知らなかった平和な時期に、光栄にもトーク&サイン会などをやらせていただき、みなさんと身近に楽しい時間を過ごしながら、「目指せ、百冊！」などと息巻いていたというのに、蓋を開けたら、「あれあれ？」的な――。

まあ、こうなるに至った理由は色々とありますが、ひとまず、ユウリがこの世界に戻って来た意味などを探りつつ、今回は「愚者たち」による滑稽なまでの「輪舞曲《ロンド》」ぶりを楽しんでいただけたらと思います。

ま、アシュレイを慌てさせることができるのは、基本、愚か者たちだというのがよくわかる回だと思います（笑）。

次回作については、先ほども申し上げたように、最終回ということで、「欧州妖異譚」の総仕上げであり、できれば、１巻や15巻など、今シリーズのポイントとなる巻を読み返しておいていただけると、「ああ、なるほどね」と思うことが多々出てくると思います♪

最後になりましたが、素敵なカバーイラストを描いてくださったかわい千草《ちぐさ》先生、本当にありがとうございました。

また、この本を手に取って読んでくださったすべての方に、多大なる感謝を捧《ささ》げます。

では、次回作でお会いできることを祈って――。

残暑の厳しい初秋の夜に

篠原美季　拝

『愚者たちの輪舞曲　欧州妖異譚24』、いかがでしたか？
篠原美季《しのはらみき》先生、イラストのかわい千草《ちぐさ》先生への、みなさまのお便りをお待ちしております。

篠原美季先生のファンレターのあて先
〒112-8001　東京都文京区音羽2-12-21　講談社　文芸第三出版部「篠原美季先生」係
かわい千草先生のファンレターのあて先
〒112-8001　東京都文京区音羽2-12-21　講談社　文芸第三出版部「かわい千草先生」係

N.D.C.913　254p　14cm

篠原美季（しのはら・みき）

講談社X文庫

4月9日生まれ、B型。横浜市在住。
茶道とパワーストーンに心を癒やされつつ
相変わらずジム通いもかかさない。
日々是好日実践中。

white heart

愚者《ぐしゃ》たちの輪舞曲《ロンド》　欧州妖異譚《おうしゅうようい たん》24

篠原美季《しのはらみき》

●

2020年10月1日　第1刷発行

定価はカバーに表示してあります。

発行者──渡瀬昌彦
発行所──株式会社 講談社
東京都文京区音羽2-12-21 〒112-8001
電話 編集 03-5395-3507
販売 03-5395-5817
業務 03-5395-3615

本文印刷─豊国印刷株式会社
製本───株式会社国宝社
カバー印刷─半七写真印刷工業株式会社
本文データ制作─講談社デジタル製作
デザイン─山口　馨

ISBN978-4-06-521310-0

ホワイトハート最新刊

愚者たちの輪舞曲《ロンド》
欧州妖異譚24
篠原美季　絵／かわい千草

秘密結社を裏切った者には呪詛による制裁を！　かつてユウリを拉致監禁したマーカス・フィッシャーが組織を裏切り呪いをかけられた。ユウリの元へ来た彼は、アシュレイに連絡を取り、助けてほしいと懇願する。

凍った恋の溶かしかた
藍生 有　絵／松本テマリ

期間限定の恋は、心を溶かす――。ジェラート職人の小野原尚には、イタリアのホテル勤務時代、特別な相手がいた。ルカ・トライアーノ。そのルカが日本まで追いかけてきて、尚に愛を囁くが……？

白衣をまとう守護者《ガーディアン》
春原いずみ　絵／藤河るり

ずっとそばにいる。この手で守るから。美貌の心臓外科医・小泉詩音は、過去に受けた深い心の傷を、晴れて恋人となった同じ心臓外科医の芳賀行成に癒やされつつあった。しかしそんな中、再び悪夢が――。

ホワイトハート来月の予定（11月4日頃発売）

いばらの冠　ブラス・セッション・ラヴァーズ …………… ごとうしのぶ
VIP 接吻 …………………………………… 高岡ミズミ

※予定の作家、書名は変更になる場合があります。